少年不负热山河

王磊 著

江苏凤凰文艺出版社
JIANGSU PHOENIX LITERATURE AND ART PUBLISHING

图书在版编目（CIP）数据

少年不负热山河 / 王磊著. -- 南京 : 江苏凤凰文艺出版社, 2025. 5. -- ISBN 978-7-5594-9477-1

Ⅰ. I247.81

中国国家版本馆CIP数据核字第2025HQ5459号

少年不负热山河

王磊 著

责任编辑　项雷达
图书监制　古三月
选题策划　刘昭远
特邀策划　汪海英　谢梦冰
版式设计　姜　楠
封面设计　吴思龙@4666啊
封面插画　RedMatcha
出版发行　江苏凤凰文艺出版社
　　　　　南京市中央路165号，邮编：210009
网　　址　http://www.jswenyi.com
印　　刷　唐山富达印务有限公司
开　　本　880毫米×1230毫米　1/32
印　　张　7.5
字　　数　195千字
版　　次　2025年5月第1版
印　　次　2025年5月第1次印刷
书　　号　ISBN 978-7-5594-9477-1
定　　价　49.80元

目　录

霍去病

◎ 封狼居胥趁少年

大将军卫青向来以脾气好著称。可是再淡定的人，也有绷不住的时候，尤其是眼前这种风声雨声喊杀声，声声闹耳；国事家事眼前事，事事烦心的节骨眼。

大汉元朔六年（前 123 年），汉武帝派卫青率十万大军从定襄[①]出发，北击匈奴，史称“定襄北之战”。

但这次声势浩大的军事行动从一开始就不顺利。

二月，卫青率军北上寻找匈奴主力，因行踪暴露，只能无功而返。两个月后，卫青率军二次出击。

这次汉军前锋又遭到匈奴人的两面夹击，两名主将一败一降，三千骑兵悉数阵亡。这仗打得属实有点丢人，而且卫青还真的丢了个人。

他手下的剽姚校尉[②]，竟然找不着了。

---

① 今内蒙古自治区和林格尔附近。

② 官名。汉武帝始置。《史记》作“剽姚”；《汉书》作“嫖姚”；《汉纪》作“票鹞”，取劲疾之意。

有人看见这位年仅十八岁、第一次上战场的菜鸟校尉，带着一支八百人的小队伍，脱离了大部队的掩护，一头扎进了草原深处。

然后，失联了。

在汉匈双方十几万骑兵绞杀成一团的血肉战场上，除非有奇迹降临，否则等待这支小部队的结局要么是死路一条，要么是在劫难逃，总之是凶多吉少。

卫青很想骂他一句小兔崽子，但是从遗传学的角度来说他还真不能。因为这个不知道跑哪儿去的剽姚校尉，是他的亲外甥，名字叫霍去病。

作为舅舅，卫青当然担心外甥的安危。但身为十万汉军的最高统帅，此刻他更在意的是怎么在开局不利的情况下逆风翻盘，反败为胜。

吃亏了，那就得加倍用力地打回去。这就是汉武帝时代的军事信条。

于是卫青抛开杂念，调动兵力猛攻正面的匈奴主力，经过一番鏖战，歼敌一万九千人。但卫青眉头一皱，觉得事情并没有那么简单。

这匈奴人，似乎退得有点突然啊。

正当卫青纳闷时，“失联”多时的霍去病回来了，而且是大包小裹地回来了——包的是斩获的人头，裹的是俘虏的敌军。

奇迹，竟然真的发生了。

由汉武帝亲自草拟[①]的嘉奖诏书是这样形容霍去病的：

---

① 《廿二史札记校正》：“汉帝多自作诏。”西汉时期没有建立相应的制诏机构，诏书体制也未正式形成，除部分年幼的帝王外，大部分诏书由皇帝亲自草拟。

> 斩首捕虏二千二十八级，得相国、当户[①]，斩单于大父……捕季父。

八百人狂飙突进几百里，斩首俘虏两千多，生擒了匈奴的高层官员，抓捕了单于叔父，击毙了单于叔爷。孤军深入，还能准确找到敌方两名重要首领并一刀拿下，这战绩简直让人惊掉下巴。

剽姚者，劲疾也，原意指勇猛、迅捷的样子。霍去病的这个剽姚校尉，本是汉武帝一拍脑袋想出来的职位，没想到用在霍去病身上竟然是再恰当不过。

战后，汉武帝割南阳郡穰县的庐阳乡、宛县的临駣聚[②]为冠军侯国，封霍去病为冠军侯，食邑一千六百户[③]。

没错，冠军侯这个爵名，依然是皇帝陛下开脑洞原创的。汉代封侯一般以侯国所在地为名，但汉武帝特意用“冠军”一词来表彰霍去病勇冠三军、功冠三军的不世之功。

此后“冠军侯”就成为华夏历史上的某种军中传奇，专门用来表彰战功卓著的名将。比如，东汉“云台二十八将”里排名第三的贾复，彻底打垮北匈奴并“勒石燕然”的窦宪，都曾被封为冠军侯。魏晋南北朝和唐代，也设有“冠军将军”“冠军大将军”的官衔。就连清代负责护卫帝王的銮仪卫及旗手卫的首领，也称为“冠军使”。

文称状元，武为冠军。一直到今天，我们依然用冠军一词来指代赛场上的第一名，或某个领域里的领先者。

---

① 相国、当户，皆为匈奴官名。
② 今河南邓州西北。
③ 《汉书》一说二千五百户。

而霍去病在将星璀璨的汉武帝时代，也当得起一句：遥遥领先！

司马迁在《史记》中说霍去病：

少而侍中，贵，不省士。

翻译过来的意思就是霍去病从小就身份尊贵，身居要职，所以不太“懂事”。霍去病本是个被亲爹抛弃的私生子。但爹不疼，还有娘家的亲戚呢，尤其是他还有个全天下最权贵的亲戚——汉武帝刘彻。皇帝的亲戚，那是有专门的称呼的，俗称“外戚”，所以霍去病三岁时就获得了上流社会的身份认证。

良好的家境让霍去病练就了一身精湛的骑射功夫。更难得的是他性格早熟，沉稳老练，要言不烦，行事果断，深受姨父汉武帝的喜爱。汉武帝甚至提出要亲自教授他兵法，只是没想到惨遭拒绝。

也不知道霍去病是没看上汉武帝要教的兵法，还是没看上汉武帝。反正他觉得学不学古代的兵法并不重要，还不如好好练一练临场的随机应变。

霍去病的想法其实充分考虑到了当时大汉面临的问题。

匈奴人的优势是全民皆兵，弓马无敌。汉朝就算能攒出足够的战马，也没法把每个士兵都训练成李广。想和“长在马背上”的匈奴人比骑射，完全是用自己的兴趣去挑战别人的专业。

唯一的办法就是换一个赛道——咱不比骑射，比肉搏。

早在文景时代，号称“智囊”的晁错就在《言兵事疏》里提出以“肉搏骑兵”来对抗匈奴人的“骑射战术”。只不过当时大汉的国力不足以支撑这样的战争，直到卫青在河南[1]之战中成功使用这一战术并取得了胜利。

这种作战方式对指挥官的单兵作战能力和临场反应能力要求极高，更是对勇气的巨大考验。如果说指挥步兵是“弟兄们，给我上”，那率领骑兵则是“同志们，跟我冲”。

还有什么比这样的英雄主义更能点燃少年的青春呢？所以当汉武帝授命卫青发动“定襄北之战”时，霍去病强烈要求参战。

汉武帝也想让霍去病跟着卫青去见见世面，于是就任命他为剽姚校尉，然后就有了开头的那一幕。

元狩二年（前 121 年），二十岁的霍去病被任命为骠骑将军，第一次独立领军，出击河西[2]。

河西地区是沟通中原与西域的交通要道，也是匈奴帝国重要的牧场和制造业中心。此地水草丰美，部落众多，由匈奴浑邪、休屠二王分治。大汉想要打通和西域的联系，达到“断匈奴右臂”的战略目的，就必须拿下河西地区。

这次霍去病率领的不是八百人的特战队，而是足足一万人的远征军。实力就是最大的底气，霍去病决定这次要给匈奴人一个大“惊喜”。

霍去病选择在春季出兵，这对匈奴人而言绝对是个“违背祖宗的决定”。春季的草原青黄不接，马群普遍处于饥饿状态，正是骑兵战斗力最弱的时候。

大汉的战马是吃粮食的，虽然一匹军马一个月消耗的粮食相

---

① 秦汉时期的河南地即今鄂尔多斯高原中的河套平原。

② 即河西走廊，因地处黄河以西、祁连山和巴丹吉林沙漠中间，呈北西—南东走向的狭长地带，形似走廊，故名河西走廊。

当于一个普通士兵一年的口粮，但受季节影响也相对较小。

而霍去病等的就是这个时机。

当然，除了天时，打仗还讲究地利。河西地区长期处于匈奴人的统治之下，对于霍去病来说本应是一片充满战争迷雾的未知之地。但就在河西之战发生前，一个“失联”了十三年之久的男人回到了大汉，他的名字叫张骞。

张骞的首次西域之行并没有达到外交上的战略目标，却意外地发现了直插河西走廊的捷径。于是霍去病从陇西郡出发，小心翼翼地贴着匈奴人和羌人统治区的交界处，一路西进，经扁都口[①]穿越祁连山，深入匈奴腹地千余里，突然出现在休屠王和浑邪王防区的接合部。

然后，就是真正的猎杀时刻了。

霍去病一路火花带闪电，连灭河西五个部落，还差一点生擒了匈奴单于的儿子。之后他在六天之内转战千里，跨过焉支山[②]奇袭浑邪王和休屠王的部队，俘虏浑邪王的儿子及相国、都尉若干人，缴获休屠王的祭天金人像——相当于抓住了浑邪王的家属，又抢走了休屠王的公章。在回去的路上霍去病还顺手斩杀了拦路的折兰王和卢胡王。

此战霍去病所部共斩捕匈奴八千九百六十多人，自身伤亡却并不算多[③]。

而损失惨重的休屠王和浑邪王还没来得及反应过来，就又吃

---

① 今甘肃张掖民乐县城以南。

② 今甘肃张掖山丹县。

③ 有争议。《汉书》中有“师率减什七”之说。有观点认为此句指汉军伤亡十分之七，属于惨胜；也有观点认为此句为无意义的“衍文”或意为匈奴人伤亡十分之七。考查诸史，本书采信后一种观点。

了霍去病一记回马枪。

当年夏天，霍去病从北地郡出发，计划绕过匈奴人重兵布防的正面防线后，与合骑侯公孙敖会合。

但公孙敖因为迷路而迟到了，第二次河西战役还没开打，汉军就“失去”了近一半的作战兵力。

霍去病对此却毫不在意，他不顾风险继续孤军深入，向西北绕了一个大圈子，迂回两千余里，然后突然出现在浑邪王和休屠王的侧后方。

霍去病：惊不惊喜？意不意外？

这一次霍去病取得的战绩是：

迫降单桓王、酋涂王，收降其相国、都尉以下二千五百人；

生擒了五个匈奴王，五个王母；

抓住了匈奴单于的媳妇和儿子共五十九人，还有相国、将军、当户、都尉六十三人；

共斩得匈奴军首级三万二百级，而汉军的伤亡仅有约十分之三。

这两次河西之战，霍去病的战果实在是太辉煌，于是被打得半死的浑邪王和休屠王决定给大汉一个小小的惊喜——当年秋天，二王派使者表示，将带着号称十万、实际不到五万的部众投降汉朝。

这对汉朝来说，的确是又惊又喜。

惊的是头一回有这么多人来投降，万一错信了敌人，那得多后悔；

喜的是头一回有这么多人来投降，万一错过了机会，那岂不是更后悔？

临阵受降其实比正面迎敌的风险性还高，因为突发意外和不可控因素太多，急需一位有头有脸、有勇有谋、有礼有节、有胆有识的将领去完成。

这任务，完全是为霍去病量身定制的。

时间紧，任务急。霍去病接到命令后只能把天水营的匈奴降兵和手头剩余的汉军混编到一起，凑了一万骑兵，第三次挺进河西，准备接受浑邪王和休屠王的投降。

而意外，也不出意外地发生了。

当霍去病率领汉军抵达黄河东岸，与浑邪王、休屠王的部队隔河相望时，本来说好要投降的休屠王突然变卦，拒绝降汉。浑邪王一不做二不休，直接杀了休屠王，收编了他的部众。

匈奴人的这点骚动并没有影响霍去病的行动，他有条不紊地指挥汉军过河，而浑邪王也急忙摆开队伍，列阵迎候。

不久前还打得你死我活的两支军队，就这样慢慢地、慢慢地靠近。

汉军明明是人数少的那一方，却像是踏入羊群的雄狮。他们排着整齐的队列，迈着从容的步伐，匀速而威严地向前缓缓推进。

火红的军旗翻卷不停，如林的矛戟直指天空，玄黑的铁甲包裹着战士的身体，铁胄上的三根缨饰怒立在风中，随着队伍的前进有节奏地晃动，如同一道红黑色的巨浪，排山倒海地拍打在每一个匈奴人的灵魂深处。

那是铁与血的颜色，也是百战之师遮掩不去的杀气，更是在场所有匈奴人刚刚经历过的噩梦。直面汉军所带来的精神压力实在太大，骚动开始在浑邪王的队伍里蔓延，此前跟休屠王的火并中刚收编的小弟本就人心不稳，当下越来越多的匈奴人调转马头，准备逃走，眼看局势就要不可收拾。

关键时刻，霍去病当机立断，策马驰入匈奴阵中，直接冲到正手足无措的浑邪王面前，有条不紊地宣布：

凡是不想跟我走的，我就把他们都送走。

八千颗血淋淋的人头，让剩下的匈奴人变得异常配合，整个受降工作也有惊无险地完成了。

北宋的司马光在《边将三首·其一》中写道：

汉旗一簇聚山椒，霁日清风看射雕。
脱帽胡儿遥稽首，汉家新将霍嫖姚。

河西之战，霍去病累计歼灭、受降匈奴八万多人。河西易手后，匈奴人唱出了那句至今仍耳熟能详的歌谣：

失我祁连山，使我六畜不蕃息；
失我焉支山，使我嫁妇无颜色[①]。

后来汉朝在河西设置武威、酒泉、张掖、敦煌四郡[②]，极大地改善了汉朝的地缘战略环境。为表彰霍去病的战功，汉武帝给他修建了豪华的宅院府第，而霍去病却说：

匈奴未灭，何以家为？

---

① 《乐府诗集·卷八十四·杂歌谣辞二》。
② 也称河西五郡，但金城郡的设立存在争议。

霍去病的豪迈发言让汉武帝异常感动。

不就是灭匈奴嘛，安排！

元狩四年（前119年）春，汉武帝命卫青与时年二十二岁的霍去病各率骑兵五万，深入漠北，寻歼匈奴主力。

霍去病以李广幼子李敢等人为大校，率五万骑兵北进两千多里，大破匈奴左贤王部，俘虏匈奴屯头王、韩王等三人及将军、相国、当户、都尉等八十三人。

一个匈奴左贤王，显然无法满足霍去病的胃口。他乘胜追杀至狼居胥山举行了祭天封礼，又在姑衍山[①]举行了祭地禅礼，兵锋直逼至北海[②]。此役汉军斩首七万四百四十三级，自身损伤约十分之三。而另一边的卫青同样取得了大胜。

自此，“匈奴远遁，而漠南无王庭”，跟随霍去病出征的将士全都获得了大量的封赏，副将李敢也获封关内侯。

但李敢的父亲李广却因为“又又又”一次迷路，遭到了大将军卫青的问责，绝望之下选择了自杀。卫青的处理合情合理又合规，只是李敢不服气，竟然以下犯上，打伤了卫青。

卫青是个老好人，决定不追究李敢的冒犯。可霍去病没打算以德报怨，在一次汉武帝组织的甘泉宫狩猎活动中，霍去病当着皇帝的面，一箭就射死了李敢。

李敢：我替父亲报仇，很合理吧！

霍去病：我为舅舅出头，很合理吧！

汉武帝：唉，我好像看到有头鹿经过，撞死个人也很合理吧。

---

① 狼居胥山，今蒙古国肯特山；姑衍山，今蒙古国肯特山以北。

② 一称瀚海，今俄罗斯贝加尔湖。

群臣：啊对对对，很合理，很合理嘛。

皇帝亲自下场做伪证，别说是头鹿了，就算说李敢是让恐龙撞死的，大家伙也得认啊。

千百年来，人们都对李广家族的遭遇深表同情。比如唐代诗人王维在《老将行》中就写道：

卫青不败由天幸，李广无功缘数奇。

司马迁在《史记》中也说霍去病“亦有天幸，未尝困绝也”，总的来说就是认为卫、霍不败是因为上头有人，李广难封是因为命里有坑。

但是，事实真是这样吗？

霍去病和李广的带兵风格，称得上是两个极端。《史记》中记载李广爱兵如子，在生活中对部下处处照顾。霍去病则是一副大少爷做派，军中有人吃不上饭，他还有闲工夫在军营里踢球，皇帝赐给他的美食都放臭了，也没见他分给饿肚子的手下。

霍去病的确不是个有同理心的人。但这样的人也分两种：一种是不把别人当人，凭强者之实力，欺负其他人；还有一种是不把别人当人，也不把自己当人，以强者之标准，要求所有人。

霍去病的部队中有大量的匈奴降兵，这些人说难听点就是畏威不怀德，记吃不记打。他们服从的是能带领他们走向胜利的真强者，而不是体贴入微的滥好人。

没东西吃？那去敌人手里抢啊！霍去病的队伍里，没有后勤，只有前进。因为他每次都只带最低限度的补给，开战后所有的物资补充全都靠从敌人手中缴获。

就食于敌，长途奔袭，以战养战，狂飙突击。

所以在战斗中，霍去病对反抗者格杀勿论，对投降者宽大处理。战斗结束后他也只补充物资，不贪恋缴获。因为“突骑”战术的终极奥义就是速度与激情——用最短的时间接近敌人，用最锋利的兵刃刺穿对手，然后奔向下一个目标。

冷兵器时代的骑兵有“三宝”：具装、马镫、高鞍桥①。然而这“肉搏三件套”要等到四百年后的南北朝时期才彻底成形。汉朝时的骑具尚不完善，霍去病却在没有硬件辅助的前提下，凭借超越时代的战役指挥能力，将轻骑兵突击战术运用到了极致，带领汉军在战场上所向披靡。所以宋代何去非才在《霍去病论》中写道：

去病奋于娇童，转战万里，
无向不克，声威功烈震于天下，
虽古之名将无以过之。

霍去病的战绩，早已超越舅舅卫青等古今名将，成为当之无愧的军中第一人。但谁也没想到，就在漠北决战的两年后，霍去病却突然病逝，年仅二十四岁。

汉武帝悲伤之余，下令调河西属国的铁甲军，列成长阵，从长安城一直排到茂陵边上的霍去病墓。这些铁甲军，就是当年霍去病降服的匈奴人。汉武帝还下令将霍去病的坟墓修成祁连山的模样，以彰显他力克匈奴的奇功，也哀叹于他的将星陨落。

---

① 马铠可以增加马匹的防护力和冲击力，马镫、高桥马鞍可以帮助骑手在马背上保持平衡，解放双手，进而完成更多的战术动作。现代考古发现认为，这三种骑兵装具的成熟期应在南北朝时期。

历史上写霍去病的诗很多，但最让人唏嘘的，却是一首佚名的《茂陵怀霍去病》：

秦汉风云惊塞烟，嫖姚智勇冠军前。
披坚执锐犹黄口，点将封侯趁少年。
铁骑猛封狼居胥，金戈狂扫焉支山。
此生若增廿年寿，马踏匈奴过燕然。

如果能向天再借二十年，这个少年还会带来什么奇迹呢？

苏武

◎ 杀不死我的，终将败在我脚下

大漠深处，北海之畔，一个简陋到不能再简陋的帐篷里，两个匈奴人打扮的男人相对而坐，一开口却是纯正的长安口音：

“子卿啊，你回不去了。”

说话者是匈奴右校王，他还有另一个身份——飞将军李广之孙，后来兵败投降匈奴的李陵。

而那位被李陵称为“子卿”的人，就是他青年时代最好的朋友，曾经的同事，十几年前出使匈奴，一直被扣押至今的大汉使节——苏武，字子卿。

被匈奴封为右校王的李陵衣着华丽，前呼后拥。和破帐篷形成鲜明反差的丰盛筵席也是他带来的。

反观对面的苏武，身上的衣服臃肿破烂，披头散发，胡子拉碴，满面风霜，须发皆白，哪还有当年担任皇帝侍中时的意气风发，怎么看都像一个被生活压弯了脊梁的孤寡老头。

两人一个是座上宾，一个是阶下囚；一个高高在上，一个卑微无助。但奇怪的是，自惭形秽甚至如坐针毡的却是李陵。只因为苏武手中那根光秃秃的“棍子”——本应是一根用牦牛尾装饰的节旄，是大汉使节出使四方的身份象征。漫长的扣押岁月已经磨掉了节旄上所有的装饰，持节的双手也在寒风苦雨中变得粗糙皲裂，所谓的节旄现在看上去和一根破破烂烂的拐棍并没有什么区别。

但这根被盘到包浆的“拐棍”握在苏武手里，却给人完全不一样的威严感。因为不管身处何地，境遇如何，只要苏武的双手依然握紧着节旄，他就代表了大汉。

内在的坚持，远比任何外在的修饰都要尊贵。曾经的李陵也有过坚持，只可惜他现在却要亲口劝别人放弃这种坚持。因为他奉匈奴高层的命令，不惜一切代价也要劝降苏武。

李陵艰难地打破沉默，以多年老友的身份叫起了苏武的表字：“子卿啊，你回不去了。这么吃苦受罪又有谁知道呢？你大哥给皇帝管专车，因为车子剐蹭了一下就被迫自杀；你二哥受命去抓罪犯，没抓到也吓得服毒自尽。我来的时候，你的老母亲也去世了，还是我亲自送的葬。你被扣在匈奴这么多年，你媳妇早就改嫁，孩子也下落不明，而且皇帝现在老了，动不动就把大臣满门抄斩。人生如朝露一样短，你这么硬挺着有什么意思啊？”

李陵是来诛心的。

这段劝降词虽然不长，却是针对苏武的心理防线量身打造的，步步为营、层层递进地掐死了苏武坚持下去的所有理由——归国无望，家人离散，前途灰暗，你再怎么死撑都是无用功。

李陵虽然是匈奴人的说客，但他说的话却并不是毫无道理，甚至字字句句都站在苏武的立场上，为他考虑，替他着想。

苏武紧握节旄的指节已经泛白，在被扣押的无数个日夜里，他无时无刻不盼望重回大汉与亲人团聚的那一天。

但是现在，他在大汉已经没有家了，而大汉是否还记得他这个人呢？

苏武无奈地发现，李陵这是连放弃的借口都替他找好了——如果国是回不去的，家是不存在的，那放弃原有的国和家，投入新主子的怀抱，真的是再合理不过的选择了。

可以，这很合理。

但英雄之所以能成为英雄，不就是因为那一份“虽千万人吾往矣”的“不合理”吗？

苏武的思绪一下子回到了十多年前，自己刚带领使团出使匈奴的时候。

公元前 100 年，汉武帝天汉元年，匈奴且鞮侯单于上位的第一年。

自元光二年（前 133 年）马邑之战开始，大汉已经和匈奴人打了三十多年了。在停战期间，双方也曾互派使团，既是和平谈判，也是相互试探。

双方都在咬牙硬撑。以农耕立国的大汉更适合这种持久战的节奏。而匈奴那边就不太乐观了，连年战争带来的人员伤亡和物资紧缺极大地动摇了匈奴政权的稳定。且鞮侯单于已经是七年内上台的第五个单于了，内有反对者虎视眈眈，外有大汉枕戈待旦，刚刚上位的且鞮侯单于显然有点肝颤。所以他非常识时务地选择和汉朝改善关系，不但客气地给汉武帝写了一封信，还表示要把之前扣押的汉朝使节都释放了。

汉武帝一高兴，也释放了之前扣押的匈奴使节作为回应，并派了一支新的使团出使匈奴，领头的就是苏武。

作为大将苏建的后人，苏武和自己大哥三弟一起以“军属”身份当上了羽林郎，后官至七品栘中厩监，相当于后来孙悟空干过的那个“弼马温”。

但这样四平八稳的生活显然不是苏武的人生追求。他渴望像父亲一样建功立业，为大汉立下功勋。怀揣着这样的理想和信念，苏武带着使团从长安出发，一路向北，踏上黄土高坡，渡过九曲黄河，穿越戈壁沙漠，历经千里跋涉，最终抵达了匈奴王庭龙城[①]所在地。

但真正的考验，才刚刚开始。

苏武按照流程完成了使团的任务，送上了丰厚的礼物，表达了大汉的诚意。换来的却是且鞮侯单于不咸不淡的回应。苏武敏锐地察觉到，眼前的单于已经没有了刚开始的热情和主动，看来所谓的外交修好不过是对方的缓兵之计。

无所谓，你要战便战吧。我大汉又怕过谁?

出使遇冷的苏武并没有灰心丧气。对外交来说，有时候没有成果就是一种成果。通过接触判断出对方的战略意图，让己方能提前做好应对布置，这样的重要情报将直接关系到之后的战争走向。只要回去把出使的情况原原本本地一汇报，苏武的任务就算是完成了。

但计划没有变化快，就在苏武使团准备打包回家时，一个“意外”突然降临了——匈奴王庭里有个叫虞常的人要造反，而苏武使团的副团长张胜暗中参与了此事。

行动失败，造反的匈奴人被生擒活捉，供出张胜只是时间问题。在这草原深处，远离大汉势力范围的匈奴王庭，区区一百多人的使团可以说是毫无反抗之力，随时可能迎来灭顶之灾。

张胜倒也是条汉子，他对苏武表示愿一人承担所有罪责。但

---

① 龙城遗址发现于蒙古国首都乌兰巴托以西大约 470 公里处（后杭爱省额勒济特县）。有争议。

苏武缓缓地摩挲着手中的节旄，摇摇头苦笑道：

事如此，此必及我。
见犯乃死，重负国。

没用的，这事肯定会牵连到我。但个人生死是小，我作为大汉使节，绝对不可以被审判，否则就是对整个大汉的侮辱。说完苏武就要自杀，却被手下给拦了下来。

没多久，匈奴人就拿到了审讯的口供，且鞮侯单于派“汉奸”卫律全权处理此事。

卫律原本是个汉化程度很高的胡人，还曾作为使者出使匈奴，但后来他因李延年被灭族事件，逃亡至匈奴。作为一个汉朝的叛逃者，卫律恨不得把全部精力都用来效忠匈奴，祸害汉朝。所以拿到相关口供后，卫律第一时间冲过来提审苏武。卫律如此卖力地表现，除了是向他的匈奴主子表忠心之外，还有更不可告人的小心思——只有逼降了苏武，才能打脸大汉，证明自己当初的叛逃是正确的。

看着面前一副胜利者模样的卫律，苏武平静地对身旁的常惠等人说了一句：

屈节辱命，虽生，何面目以归汉！

身为汉使却屈节辱命，就算活着，又有什么脸回到大汉！说完苏武不等众人反应过来，毫不犹豫地拔刀自杀。

卫律瞬间吓傻了。他可是带着单于的任务来的，一个屈服投降的苏武，远比一具杀身成仁的尸体有用太多了。他赶紧抱住重伤的苏武，派人骑最快的马去找医生。

在外科手术技术并不发达的汉代，苏武这样的致命伤无论怎么看都必死无疑。而匈奴这边的医疗水平更是有点一言难尽——卫律找来的医生在地上挖了一个大坑，在坑中堆满羊粪然后点燃，等羊粪烧到有烟无火的状态时，把苏武面朝下架在坑顶，一边热熏，一边用脚按揉苏武的后背①。

这种急救措施在今人看来是毫无科学性的。既没有止血缝合，也没有心肺复苏，知道的是在急救，不知道还以为是要当场火化呢。

也不知道是这疗法太过神奇，还是苏武生命力过于顽强，反正就这么抢救了好几个小时，本来已经没了呼吸的苏武竟然一点点恢复生命体征了②！

别问，问就是见证奇迹的时刻。

苏武捡回了一条命，他的气节也打动了且鞮侯单于。于是单于决定——继续加大力度招降苏武。毕竟如果连这样刚烈忠贞的使节都投降了，才更能说明咱大匈奴的威武霸气。主打一个你越不乐意，我就越用力。

负责招降工作的，依然是卫律。

无他，唯手熟耳。

这一次，卫律誓要给苏武一点小小的匈奴震撼。

他把苏武、张胜和虞常等人叫来，开始了单刀直入、简单粗暴的第一轮劝降——上来二话不说，当着所有人的面就把虞常给

---

① 《金匮要略》和《脉经》中有“其人常欲蹈其胸上”的记载，所以“蹈其背”可大致认为是用脚揉按后背的意思。

② 《汉书·李广苏建传》：“凿地为坎，置煴火，覆武其上，蹈其背以出血。武气绝，半日复息。”

杀了。

目睹死刑立即执行的确够直接，够震撼。所以当卫律举着滴血的屠刀一步步逼近张胜时，出于对死亡的恐惧，张胜选择了投降。不过他还是坚守了最后的底线，没有把苏武供出来。

卫律要的当然不只是逼降张胜。他拎着刀，转头对苏武说："你的副手都认罪了，你这个当领导的自然要跟着连坐！"

跟外交官玩偷换概念是吧！也不知道是谁给卫律的自信。

苏武听完只是淡定地表示："我既没有参与叛乱，又不是张胜的亲戚，凭什么连坐？"

一句话就把卫律说了个哑口无言。

苏武到底有没有参与这场匈奴内部的叛乱，其实史书上并没有留下具体记载。从逻辑上来说，身为使团一把手的苏武应该对手下的行动有所掌握，可也不排除张胜真的是自作主张。

但无论如何，匈奴人手里掌握的证据都不足以给苏武定罪。

逻辑讲不清，那咱就谈感情。于是卫律只能换个套路，开始了第二轮劝降。

卫律换上一副特别为苏武着想的口气说："苏君哪，你看我归顺匈奴后，过得富贵又荣耀，这么好的机会你可千万别放掉，否则就是白白拿自己的身体去做野草的肥料，而且还没有人知道。"

眼看苏武不为所动，卫律又恶狠狠地说："你要是顺了我的意，咱俩还能做兄弟，你要是不听我的建议，以后再想见我也没有那么容易！"

这话不说还好，一说反而把苏武给惹毛了，他指着卫律破口大骂道：

女（汝）为人臣子，不顾恩义，
畔主背亲，为降虏于蛮夷，
何以女（汝）为见？

你曾为汉臣，却不顾恩义，背弃皇帝与至亲，甘当俘虏降蛮夷，我还见你？你算个什么东西！

事情发展到这个地步，苏武就没打算活着回去。

在古代，所谓的“两国交兵，不斩来使”不过是美丽的谎言，正式开战前抓几个敌人杀了祭旗，讨个吉利才是硬道理。所以古代的外交官有时候就是有官方认证的敢死队，苏武也早就做好了豁出一切的准备。面对卫律那仍在滴血的屠刀，苏武继续火力全开：

南越杀汉使者，屠为九郡；宛王杀汉使者，头县北阙；
朝鲜杀汉使者，即时诛灭。独匈奴未耳。若知我不降明，
欲令两国相攻，匈奴之祸从我始矣。

南越国杀过大汉使节，被屠成了汉朝的郡县；大宛国王杀过大汉使节，后来他的脑袋在城门高悬；朝鲜杀过大汉使节，立即被讨伐，只有匈奴还没有受到这样的惩罚。既然如此，就让匈奴的覆灭，从杀了我开始吧。

千言万语汇成一句话——来呀，互相伤害呀！！

这画风要是不看前因后果，一时还真有点分不清是谁在威胁谁了。

虚张声势的卫律也被苏武视死如归的气势惊到了，他当然没

有杀死苏武的权力，只能先回去向且鞮侯单于汇报。单于一听更来劲了，决定加倍折磨苏武，把他关在一个大地窖里，不给吃也不给喝。

此时的大漠已经大雪纷飞，重伤未愈的苏武冻卧在冰冷的地窖中，时不时揪一把毡子上的硬毛，再从地上抓一把冰凉的积雪，就这么硬往嘴里塞。

雪水混杂着毛发穿过他的喉咙，又冰又硬的不适感让人直想呕吐。但苏武却只能咬着牙往下吞，唯有用这种不易消化的粗纤维填满空荡荡的肠胃，才能稍稍缓解那挥之不去如影随形的饥饿感。

在民族大义面前，肉体上的寒冷和饥饿也并非不可战胜。苏武可能是华夏历史上第一个“啮雪吞毡”的人，但他绝不是、也不会是最后一个。

面对这样的苏武，即便是敌对立场的匈奴人也被折服了。于是且鞮侯单于就把苏武流放到北海[①]边放羊，并且说只要苏武放的羊生了小羊，有了羊奶，就放他回家。

这听起来好像不难吧？

当然没那么简单。

因为匈奴人给苏武的全是公羊，一头母的都没有。

这意思很明显，不屈服是吧，那就永远被囚禁在这里吧。

于是苏武拄着手中的节旄，在北海边开始了令人绝望的荒野求生。

眼前的羊他不能吃，这些羊是匈奴的，他一个汉朝使节吃了，

---

① 今贝加尔湖。另有观点认为“北海”为今甘肃武威民勤县附近的白亭海，或为今新疆阜康至五家渠之间的湖泊。

很容易被解读为变相屈服。好在草原上不只有羊。饿得没办法的苏武只好去草原上挖老鼠洞，靠抢老鼠藏在洞里的粮食活着。

曾经的将门虎子、风度翩翩的世家公子不见了，取而代之的是一个风餐露宿、饱经风霜的野外求生者。

放羊、挖洞、忍饥、受冻，就成了苏武每天的日常。

但就算寒风吹裂了他的肌肤，冰雪冻伤了他的手脚，他也依然紧紧拿着代表使节身份的节旄。一年又一年，节旄上的毛都掉光了，光秃秃的木棍也被他盘到包浆，苏武却一刻也不肯丢下。

就这样，五六年过去了。

有一天，单于的弟弟於靬王到北海附近打猎时，偶然遇到了苏武。这个时候的苏武已经能够编织猎网，熟练使用和维修弓弩等武器，俨然成了一个草原生存专家。

他的人格魅力和不屈精神折服了这位匈奴的於靬王。於靬王送给苏武衣服、食物、马匹等物资，但没多久这些东西又被丁零人偷走了，苏武也不在意，反正苦日子他都过习惯了。

但越是这样，匈奴人就越是想要招降苏武。

所以，李陵来了。

“子卿啊，你就听我一回吧！”

放弃的借口千千万，但坚持的理由，一个就足够。

“大王！”苏武再一次握紧了手中的节旄，直视着李陵的眼睛一字一句地说，“你不必再说，如果一定要我投降，那咱们这酒也不用喝了，我现在就死给你看！”

王必欲降武，请毕今日之欢，效死于前！

一声“大王”，把李陵所有的劝说都堵了回去。

李陵始终用苏武的表字相称，这是古代朋友之间的习惯；而苏武叫李陵，却永远喊的是匈奴人封给李陵的爵位。

汉人的表字和匈奴人的爵位，一私一公，一亲一疏，一汉一胡，一我一敌。

苏武的态度很明确，你我之间，没有私谊，唯有公义！多说无益，道不同，不相为谋！

明白了一切的李陵仰天长叹说：“子卿果然是真英雄，而我和卫律这样的叛国者，才是真正的罪孽深重啊！”说完李陵也不再劝说，流着泪告别了苏武。

李陵走后，苏武又捧着那根破破烂烂的节旄继续放羊。

几年后，李陵又一次来到北海，这次他不是来劝降的，而是带来了一个消息——来自边境的情报显示，汉武帝驾崩了。

苏武听后悲伤不已，向着南方大汉的方向失声痛哭，直到吐血，一连几个月都是如此。

如果派遣自己出使的皇帝都不在了，出使的使者还要继续坚持吗？

苏武的回答是，当然。

他擦干了眼泪，继续手握着象征大汉的节旄，继续放着永远也不可能下崽的公羊，继续坚守着自己汉家使节的责任。因为他效忠的并不是一人一姓，而是一国一族，是他所代表的文明和国度，是心中的道义和正义。

匈奴人对此也无可奈何，不然还能怎么办。

汉昭帝继位后，汉匈之间开始了新一轮的谈判，汉朝方面要求匈奴人释放苏武。对于苏武这块硬骨头，匈奴人是又敬又恨，既无法成功招降，又不甘心就此释放，就跟汉朝的使节撒谎说苏武早死了。

可汉朝派来的人知道苏武还活着，反过来骗匈奴人说：“我们皇帝在上林苑打猎时射下来一只大雁，大雁的腿上绑着苏武写的亲笔信，说他就在北海放羊呢！”

对于苏武能驯服大雁送信这件事，恐怕匈奴人是打心眼里相信的。毕竟这么多年过去了，他们见证了太多发生在苏武身上的奇迹，所以他们就答应了让苏武回家的请求。因此还诞生了一个成语“鸿雁传书”。

无论如何，苏武终于可以回家了。

此时，距离他出使已经过去了十九年，当年一百多人的使团，最终能活着返回大汉的，也只有九个人。

始元六年（前 81 年）春，苏武回到长安。第一件事就是带着祭品去茂陵祭拜汉武帝，最后一次跟老领导汇报一下工作。

陛下，苏武回来了。虽然有点晚，但你十九年前派出的使节苏武，回来了！

唐代诗人温庭筠在诗中写道：

苏武魂销汉使前，古祠高树两茫然。
云边雁断胡天月，陇上羊归塞草烟。
回日楼台非甲帐，去时冠剑是丁年。
茂陵不见封侯印，空向秋波哭逝川。

苏武他乡遇汉使，悲喜交集，感慨万千；

而今古庙植高树，庄严肃穆，久远渺然。

牧羊北海音书绝断，头顶明月胡天，眼前寒陇暮烟。

归国只见楼台依旧，难寻昨日甲帐，已是换了人间。

当初奉命出使，加冠佩剑，正是潇洒壮年。

如今封侯授爵，茂陵拜谒，君臣难以相见。

十九年的磨难，只是史书上的短短几行，但已经足够让汉武大帝深埋黄土，也把苏武从风华正茂的壮年精英，变成了白发苍苍的孤寡老头。

人生很短，时光很长。

不变的，唯有手中的那根节杖。

班超

◎ 这西域，就由我来守护

东汉永元十三年[①]（101年），汉和帝刘肇接到了一份来自遥远西域[②]的退休申请，申请人的名字叫班超。

班超在这封《绝域请还疏》中写道：

> 臣不敢望到酒泉郡，但愿生入玉门关……
> 谨遣子勇随献物入塞。及臣生在，令勇目见中土。

我不敢奢望回到故乡，只求能活着跨入汉疆，让我那从未到过中原的儿子，看一看他的父母之邦。

中国人向来最讲究落叶归根，一句“不敢望到酒泉郡，但愿

---

① 《后汉书》载班超上疏于永元十二年（100年）。但西域距离遥远，故汉和帝收到上疏时应为第二年。

② 汉代史籍中“西域”广义上包括中亚及更远区域，狭义上仅指玉门关、阳关以西的今新疆地区。

生入玉门关”，让汉和帝差点流泪，但西域的局面过于复杂，离了班超还真未必能玩得转啊。

汉和帝正在纠结时，又一份“重量级”上疏摆上了他的案头。

上疏者就是被称为“天下第一才女”、中国历史上第一位收徒授业的女教师，也是第一位修撰正史的女史家，汉和帝皇后和妃嫔们的老师“曹大家（gū）”。

当然，她的真名叫班昭，是班超的亲妹妹[①]。班昭的这封《为兄超求代疏》同样写得感人至深：

> “（班超）赖蒙陛下神灵，且得延命沙漠，至今积三十年。骨肉生离，不复相识。所与相随时人士众，皆已物故。超年最长，今且七十。衰老被病，头发无黑，两手不仁，耳目不聪明，扶杖乃能行……”

我哥他孤身守绝域三十年，如今白发满头，双手颤抖，耳聋眼又花，拐杖不离手……

一句话，惨成这样，还不让退休？

话都说到这个份儿上了，汉和帝再拦着就有点不近人情了。

永元十四年（102年）八月，七十一岁的班超终于获得朝廷的恩准，踏上了故国的土地。

一提起班超，大多数人第一反应就是那个著名的成语——投笔从戎。但很少有人知道，班超的“投笔”和“从戎”其实是两件事，

---

① 班昭十四岁嫁给曹世叔为妻，随夫姓曹。当时人们把学识高、品德好的妇女尊称为“大家”；“家”在此读“姑”。

中间还隔了好多年。

班超的姑奶奶是西汉著名才女、辞赋大家、历代后妃中的贤明典范，也是古代女子启蒙读物《女诫》的人物原型——班婕妤；

班超的父亲班彪、哥哥班固和妹妹班昭都是史学大家，两代三人接续撰写的《汉书》[①]，与《史记》《东观汉记》并称“三史”。而且《汉书》首列《西域传》，开创了我国历代正史专述西域之先河。

按理说，出生在这样的家庭，班超理应是个拿笔杆子吃饭的文人。

但不知道是不是身体里那不知道多少分之一的匈奴血统[②]突然觉醒了，史书描写班超的外形“燕颔虎颈，飞而食肉”。简单来说就是膀大腰圆，一看就不好惹，和传统的文人完全两样。

早年因为生活所迫，班超曾在官府里当抄写员，那真是每天写字写到吐。所以他打从心眼里对文字工作毫无热情，曾经还把笔一扔，表示不想干了，说大丈夫就该效仿凿空西域的张骞和计斩楼兰的傅介子，扬国威于异域，建奇功于远方。结果话一出就遭到了同僚无情的取笑。虽然班超并不在意同事理解不理解，但饭总归还是要吃的。所以“投笔”之后，他又拿起笔来继续写，这一写又是好多年。

直到一个“熟人”向他发出了一份新的工作邀请。

汉明帝永平十六年（73年），奉车都尉窦固奉命出击北匈奴。窦固的叔叔窦融是班超父亲的老上级，于是班超作为“故人之子”，

---

① 《汉书》实际上成于四人之手。纪、传从昭帝至平帝有班彪的《后传》做底本；班固为主要作者，去世时八“表”及“天文志”均未完成，由班昭和马续补成。

② 班超祖母为匈奴休屠王之子金日磾的直系后裔。另有观点认为休屠王一族应为月氏人，见武沐《浑邪休屠族源探赜》。

以假司马[①]之职随窦固出征，获得了人生第一次“从戎”的机会。

这一年，班超四十二岁。而西域也已经和中原断绝联系超过半个世纪了。

王莽篡汉造成了中原战乱，使匈奴重新控制了天山南北的西域三十六国[②]。东汉立国后，西域诸国曾三次派出使节，请求驱逐匈奴，再开西域都护府。

西域诸国：神秘的某东方大国啊，当年你既能保我安全，还能让我赚钱，哪像那该死的匈奴人，不但抢我的钱，还想要我的命！赶紧来统治我吧！

可惜东汉已读不回。

时隔近百年之后，西域诸国再次成为匈奴的“小弟”。但匈奴人也没乐呵太久。

建武二十四年（48年），匈奴分裂为南北两部，实力大受损失。而东汉经过几十年的休养生息，也终于腾出手来准备收复西域了，于是才有了永平十六年的这次远征。

班超在这次远征中大放异彩，他率军进攻伊吾[③]，在蒲类海[④]击败北匈奴，大获全胜。于是窦固决定再给班超找点活，派他和从事[⑤]郭恂一起出使西域，希望能重新建立中原与西域的外交联系。

---

① “假司马”一说为代理司马之意；一说为军司马的副职，军假司马的省称。本书采信后者。

② 《汉书·西域传》：“西域以孝武时始通，本三十六国，其后稍分至五十余，皆在匈奴之西，乌孙之南。”西域在东汉时已分裂为五十多个小国，但习惯上仍称其为“西域三十六国”。

③ 今新疆哈密西四堡。

④ 今新疆巴里坤湖。

⑤ 官职名。汉以后三公及州郡长官皆自辟僚属，多以从事为称。隋代后改称参军。

跨越百年的时光，班超终于踏上了他偶像张骞、傅介子当年走过的道路。

历史的车轮，开始缓缓转动。班超和郭恂率领三十六名部下向西域进发，先到达了鄯善[①]国。鄯善王一开始对班超非常热情，过了一段时间后却突然态度大变，满脸的冷淡和敷衍。

这里面，有事啊。

班超心里其实已经有了答案。他把负责接待的鄯善侍者找来闲聊，本来大家说说笑笑，气氛良好，班超却冷不丁问了一句：

匈奴使来数日，今安在乎？

班超轻声细语的小问题，却如惊雷一般把鄯善侍者吓得呆若木鸡，只能选择实话实说——北匈奴的使者的确来了，鄯善王对于投靠哪边有点犹豫，所以才变得没一开始热情了。

获取了关键情报后，班超没急着行动，他先把侍者关押起来，然后把手下都叫过来聚餐。班超就跟没事人一样，和每个人推杯换盏，饮酒高会，很快大家就都喝上头了。

当然，有人是真喝多了，有人则是想的比喝的多。当酒局的气氛达到高潮之际，班超突然要求全体目光向他看齐，然后问出了一个非常醒酒的问题：大家深入异域都是为了建功立业的，谁也不是来送死的。可北匈奴的使者才来几天啊，鄯善王就对我们爱答不理了。一旦他真的投奔了北匈奴，那咱还有好儿吗？各位说怎么办吧！

---

① 今新疆罗布泊西南。

这番话顿时点燃了在场所有人的情绪，大家都激情地表示，是生是死，您就带着我们干吧！

班超等的就是这句话，他说：

> 不入虎穴，不得虎子。当今之计，独有因夜以火攻虏，使彼不知我多少，必大震怖，可殄尽也。灭此虏，则鄯善破胆，功成事立矣。

鄯善王不是在北匈奴和大汉之间有选择困难症嘛，这个简单，只要我们帮鄯善王排除一个“错误答案”就好了。

过了今夜，大汉将是鄯善王唯一也是最正确的选择。

在夜色和狂风的掩护下，班超带着手下直奔北匈奴使者的驻地。所谓“月黑杀人夜，风高放火天”，实在是太适合搞偷袭了。

班超先命十人拿着鼓藏到营地后面，又让剩下的人拿着武器埋伏在营门两侧。他则顺风放火，一下子就把匈奴营地给点着了。藏在营地后方的十个人看到火光后，按照事先约定拼命地敲鼓呐喊，制造恐慌。

然后班超带着人堵在营门口，干掉了三十多个侥幸逃出的匈奴人，光班超自己就亲手斩杀了三个。剩下的匈奴人则全都葬身火海，一个活口都没留下。

战斗结束后，班超才把整件事报告给从事郭恂。郭恂先是大吃一惊，紧接着就面色复杂起来。班超当然知道郭恂在想什么。他之前的所有行动都特意瞒着郭恂，只是怕他拖后腿，并没有独吞功劳的意思。

班超马上表示事情我来办，功劳一起分，这下郭恂才高兴地同意了。

解决了使团内部的小矛盾，接下来就是怎么一致对外了。

班超把那些匈奴使者首级往鄯善王面前一放，鄯善王立刻就知道接下来的路该怎么选了。他当场宣布自己真心诚意归附朝廷，并第一时间把自己的王子送到东汉当人质。

班超成功地迈出了重开西域的第一步。完成任务后，他把情况报告给上司窦固，窦固也是喜出望外，马上给朝廷打报告，请求中央选派使者，再次出使西域，继续开拓外交局面。

汉明帝收到报告后第一时间下达了新指示：

吏如班超，何故不遣而更选乎？
今以超为军司马，令遂前功。

汉明帝也是个明白人。

既然班超已经首开局面，与其另起炉灶，不如照方抓药，让班超接着干就完了。窦固接到旨意后想给班超再多调配点人马，但班超却表示不需要，就带上次的三十几个老兄弟足矣，反正大家都是熟练工了。

于是班超二次带队向西域进发，来到了于阗国[①]。于阗是北匈奴的铁杆小弟，在天山南道[②]也是横着走的存在，压根没把班超一行人放在眼里。

---

① 今新疆和田。

② 汉代“丝绸之路”自玉门关、阳关向西进入西域后，因天山的阻隔而分为南北两条路线。鄯善、于阗、疏勒等国皆在天山南道；龟兹，姑墨等国属北道。

而且于阗国内巫风盛行，巫师的地位很高。这巫师是反对投靠大汉的，竟然以天神发怒为借口，要把班超的坐骑杀了当祭品。

对于这种装神弄鬼的事，班超大手一挥：我看你倒像个祭品！来人呀，把他给我砍了！

于是，在于阗国内呼风唤雨的巫师就这样掉了脑袋。随后，班超又把跟来凑热闹的于阗宰相私来比绑起来，狠狠地抽了数百鞭，然后把巫师的脑袋给于阗王送过去了。

正所谓百闻不如一见，于阗王广德早就听说过班超在鄯善国的“壮举”，现在又看了个现场直播，于是他立刻下令杀死北匈奴在于阗的使者，重新归附汉朝。

成功镇抚于阗后，班超于永平十七年（74 年）春向疏勒国[①]进发。疏勒国的国王兜题是龟兹[②]人，跟疏勒国上下一直以来就不是一条心。

于是班超派手下田虑去招降兜题，并悄悄交代田虑说，兜题是龟兹拥立的傀儡，疏勒国的人不会真心替他卖命。你知道该怎么做了吧?

田虑作为班超带出来的手下，可太知道这种情况该怎么做了。

他孤身一人面见兜题，二话不说冲上去就把兜题给劫持了，而周围的人果然都只顾着逃命，连一个站出来阻止的都没有。

田虑就这样把兜题绑到了班超面前，于是班超当场宣布废黜兜题的王位，把他驱逐出境，另立疏勒前国王的侄子忠，为新任疏勒国王。

两次出使，打卡三国，杀人放火，绑票勒索……啊，等一下，

---

① 今新疆喀什。
② 今新疆库车县城东郊。

怎么班超看起来更像是故事里的反派角色啊?

像就对了。

汉代的外交官本就兼具说客和刺客的双重身份，主打一个人狠钱多后台硬，要么用金银财宝砸死你，要么用铁斧钢刀砍死你，就看你怎么选了。

汉秉威信，总率万国，
日月所照，皆为臣妾。

这句话出自建武二十八年（52年），光武帝刘秀回复匈奴使者的国书里，而草拟人就是班超的父亲班彪。

这是大汉外交工作的最高准则，也是班超一生的奋斗目标。

但就在班超刚刚打开西域的局面时，噩耗却接连传来——中原大旱，西羌叛乱，皇帝驾崩，匈奴反攻，西域都护陈睦被焉耆[①]、龟兹联军杀害，班超只能孤军坚守疏勒，苦苦支撑。

建初元年（76年），汉章帝刘炟不得已下达了放弃西域的旨意。

接到撤离命令后，班超收拾行李准备回国，和他并肩战斗的疏勒都尉黎弇说：“汉使如果离开我们，我们必定会再次被龟兹灭亡。我实在不忍心看到汉使离去。”说罢，便拔刀自刎在班超面前。

班超的心同样在滴血，但皇帝有旨意，自己也只能服从。他带着人继续往东来到于阗国。于阗国的国王和百姓早就在路边等着他了，他们一见到班超就放声大哭，边哭边说：“我等依靠汉使，就像孩子依靠父母，你可千万不能丢下我们不管啊！”不少人还

① 今新疆焉耆回族自治县。

一拥而上，跪在地上抱住班超等人坐骑的马腿，说啥也不让走。

不走就不走吧！将在外，君命有所不受！

班超在欢呼声中调转马头，重返疏勒。他先平定了疏勒国内的动摇者，又联合盟友攻破姑墨国，暂时阻止了局势的进一步崩坏。

建初五年（80年），班超上书给章帝，分析西域各国形势及自己的处境，提出了平定西域各国的主张，简单归纳就是八个字——以夷制夷，借力打力。

西域远离中土，国内的支援力量非常有限。就算是能送来一些人员补充，也大多是罪犯或亡命之徒，而西域各国之所以心向大汉，那是因为大汉能给他们带来好处。一旦利益得不到满足，翻脸反叛什么的都是家常便饭。

自己人不好管，不是自己人又养不熟。在这样的两难之下，唯一可行的办法就是以名招之，以利诱之，团结一切亲近汉朝的当地力量，合弱攻强，各个击破。这样不需要耗费国内太多精力，就能够拿下整个西域。

汉章帝实在没理由拒绝这样的策略，就命平陵人徐干率一千人去增援班超，后又派卫侯李邑出使乌孙，为班超争取盟友。

但这两个说是“帮手”，其中一个却是来捣乱的。

李邑走到半路不敢往前走了，为了掩饰自己的胆怯和无能，竟然打小报告举报班超，说班超在西域娶妻生子，老婆孩子热炕头，小日子美得很，根本顾不上平定西域。

班超听说后，为了避嫌只能把妻子送回国。好在汉章帝不是个糊涂人，他把李邑臭骂一顿，还把他划归到班超麾下。这明显是告诉班超这个人随你处置了。

但班超却并没有给李邑穿小鞋，而是让他回国了。

要不说班超出自“史书”世家呢，饱读史书的人都知道，三心二意的盟友，可远比全心全意的敌人更可怕。

在远离中土的西域，忠诚与背叛往往无缝切换，诺言与谎言常常难分彼此。班超必须时刻小心，否则随时可能有覆灭的危险。

比如那位被班超拥立为疏勒王的忠。他是靠着班超才登上王位，却见钱眼开背叛了班超，后来又勾结外敌，想要诈降骗取班超的信任。

班超将计就计，假装答应了忠的投降。自以为奸计得逞的忠乐呵呵地来见班超，一到地方发现班超正在张罗宴会。

忠以为班超是要请他吃席，没想到班超是想吃他的席，一见面就把忠给杀了。疏勒国从此更加坚定地站在大汉一边。

元和四年（87 年），班超调发于阗等属国士兵两万多人，再攻莎车。龟兹、温宿、姑墨、尉头合兵五万救援莎车。

敌强我弱，只能智取。班超故意大声密谋，说这仗打不了啦，咱们分头撤退吧。龟兹王得到消息后立刻兵分多路去阻击班超。调虎离山之后，班超带兵直奔莎车大营，一举击败敌军。莎车国选择投降，班超也因此威震西域。

但毕竟西域还是太大了，在更遥远的西方，还有人不清楚班超有多不好惹。大月氏人建立了贵霜帝国，与大汉帝国、罗马帝国、帕提亚帝国并称为当时欧亚大陆上的四大帝国。他们觉得自己也是有排面的人，就跟班超说想要娶汉朝的公主为妻，结果惨遭班超拒绝。

恼羞成怒的大月氏人出兵七万，越过葱岭进攻班超，却被班超一招坚壁清野给打败。不久后龟兹、姑墨、温宿等国纷纷选择投降，整个西域只剩下焉耆、危须[①]、尉犁[②]三国还在负隅顽抗。

倒不是说这三国有多硬气，而是他们都参与了杀害西域都护陈睦这件事，就是想投降也怕遭到报复。

怕，就对了。

永元六年（94 年）秋天，班超调发龟兹、鄯善等八个属国的部队共七万人，进攻焉耆、危须、尉犁三国。

在进军途中，班超给了三国国王最后一个机会。他派使者通告他们说：本都护此次前来，是想要安定、抚慰你们。只要你们改邪归正，亲自来迎接我，那以前的事咱也可以翻篇，后续的赏赐也少不了你们的。空口无凭，我先赏赐你们每家彩绸五百匹，小小地表示一下我的诚意。

大汉的丝绸，运到欧洲几乎与黄金等价，五百匹彩绸可不是一笔小钱。但焉耆王广却只派左将[③]北鞬支来迎接班超。北鞬支其实就是北匈奴派到焉耆的侍子，班超没给他什么好脸色，但也没杀他，把他臭骂一顿就放回去了。

这让提心吊胆的焉耆王广稍稍松了一口气，他表面上率领一众高官在尉犁迎接班超，实际上却拆毁山口的围桥，企图阻止汉军的前进。

但班超在西域混了这么多年，哪会被他这点小手段给拦住。他另辟蹊径，从旁路跨过国境，一直进军到距王都二十里的地方才停下脚步。

然后，班超又向三位国王发出了“吃席”邀约。焉耆王广、

① 今新疆焉耆东北。
② 今新疆库尔勒东北。
③ 西域官职，相当于宰相。

尉犁王泛等人来了，但危须王却逃跑了。

忠诚不绝对，那就是绝对不忠诚。

班超在宴会上突然翻脸，责问焉耆王，说好的三个国王一起来，现在少了一个算怎么回事？我看你们就是口服心不服！然后他命令手下把焉耆王广、尉犁王泛等人全部绑了，押送到当年西域都护陈睦被害的故地，将这些罪魁祸首全部斩杀，并血洗三国。

陈都护，你的仇，班超终于为你报了。

这就是大汉的风格，有钱能打还记仇，浑身上下都散发着不好惹的气质。

至此，西域五十多个国家都重新归附了汉王朝。永元七年（95年），汉和帝为了表彰班超的功勋，下诏封他为定远侯，食邑千户，故后人敬称其为“班定远”。

但班超觉得，自己“定”得还不够远。永元九年（97年），班超派甘英出使大秦，即罗马帝国。但因地理阻隔等因素，甘英最终未能抵达罗马，至地中海东岸而返。

历史老人，在此刻发出一声叹息。

大汉和罗马，公元1世纪时雄踞欧亚大陆两端的超级帝国，就这样错过了一次双向奔赴的机会。

而班超也老了。

当扬威西域的抱负实现后，余生的最大念想就是回到故乡。所以才有了一开始的那封《绝域请还疏》。

在完成了最后的交接工作后，班超于永元十四年（102年）八月回到故园，见到了久违的家人，收获了朝廷的褒奖，度过了一个月的快乐时光。

九月，班超病逝于洛阳，享年七十一岁。

可叹，古来征战几人回。

幸好，此生得入玉门关。

他是班超，他真的超勇的。

孙策

◎ 从零开始的江东小霸王

建安年间，前吴郡太守许贡在一封写给朝廷的上疏里，浓墨重彩地夸奖了一位叫孙策的少年：

> 孙策骁雄，与项籍相似……

说孙策就像纵横秦末的西楚霸王一样骁勇。时值汉末，项羽这个名字如雷贯耳，无人不知无人不晓。这评价可以说是天花板级别的褒奖了。

但被表扬的孙策却并不开心，竟然下令绞杀了许贡。因为许贡还有后半句话：

> 宜加贵宠，召还京邑。若被诏不得不还，若放于外必作世患。

翻译成白话的意思就是：

许贡：孙策这小子又有野心又能打，最好把他软禁在中央，不然以后肯定会出事！

孙策：说得挺好，下辈子别说了。

因为这个典故，所以《三国演义》中才称孙策为“江东小霸王”。“小霸王”三个字，听起来萌萌的，打起来猛猛的。

追溯孙策这一生，就会发现，看似少年成名的他实际上拿到的却是天坑一样的开局。

孙策，吴郡富春县人[①]。初平三年（192 年），十七岁的孙策迎来了自己人生的第一个至暗时刻——父亲孙坚奉袁术之命攻打荆州时，意外死于黄祖之手。

孙坚一死，孙家的天就塌了一半多。后世史书在形容老孙家的创业史时，用了“孤微发迹”这四个字。

孤，指没啥显赫亲戚；微，指缺欠强大势力。《三国志》记载孙坚可能是孙武的后人，年少时做过县吏。后来他平黄巾，讨董卓，斩华雄，败吕布，但事业刚要起飞，就不幸将星陨落。于是振兴家族的希望就落在了年轻的孙策肩上。

办完丧事后，孙策第一时间就找了父亲的老领导袁术，只为了一个目的——“要回”父亲孙坚的旧部。这支部队是孙坚当年一手招募和训练起来的，后来的程普、韩当、黄盖等东吴名将也都出身于这支铁军。孙坚死后，这支部队曾短暂由孙策的堂兄孙贲率领，后来又被袁术给扣下了。

所以孙策一见袁术就哭着说：

---

① 今浙江杭州富阳区。

亡父昔从长沙入讨董卓，与明使君会于南阳，同盟结好；不幸遇难，勋业不终。策感惟先人旧恩，欲自凭结，愿明使君垂察其诚。

概括起来意思就是——把我们老孙家的部队还回来。

孙策的要求合情合理，袁术听完也十分感动，但拒绝了他。

袁术表示：我早就任命你舅舅吴景为丹阳太守，那可是出精兵的地方，你去找你舅舅帮你招募部队啊。

嗯，主打一个“已读乱回”。

就好比你同桌向你借了一本书不还，却振振有词地跟你说：唉，我介绍你家亲戚去书店工作了，那书店里的书多了去了，你去找他嘛，还能打折，你可以再买一本啊！

汝闻，人言否？

可形势比人强，年轻的孙策也没实力掀桌子，只好去丹阳投奔舅舅。但即便有舅舅的帮助，孙策也只在当地招募到数百人而已。

这点人马在汉末那个乱世里，真是少到可以忽略不计。以至于孙策不过遇上了一个叫祖郎的山越头领，就被打得差点丢了小命。

九死一生之后，孙策艰难地逃回袁术那里，推脱不过的袁术这才还了千余旧部——当然，这只是一部分，剩下的袁术还扣在手里，硬是把合理归还搞成了分期付款。

对此孙策也无可奈何，只能更加卖力地干活，寄希望于有一天袁术能良心发现，把剩下的部队也还给他。

好在“虎父无犬子”，很快孙策就凭出众的个人能力崭露了头角。

史称孙策“美姿颜，好笑语，性阔达听受，善于用人，是以士民见者，莫不尽心，乐为致死”——就是长得帅，爱说爱笑，性格爽朗还善于听取建议。这样的性格和外貌，很难让人不喜欢，士兵和百姓都对他非常忠心和爱戴。

就连袁术都曾感慨地说：如果我袁术能有孙郎这样的儿子，那可真是死而无憾了。

郎，是当时人对于容貌俊秀、能力出众的少年的敬称，可见袁术对孙策的评价之高。

然而，这并没有什么用。

因为袁术这人向来反复无常，他曾许诺让孙策担任九江太守，当时说得板上钉钉，言之凿凿，可回头就任命了自己的亲信陈纪担任这个职位。被忽悠了一番的孙策虽然很失望，但表面上也不敢说什么。

但没想到，袁术的无耻表演还没结束。后来有一次他向庐江太守陆康要军粮，陆康不给，袁术大怒之下找来孙策说：哎呀，小孙啊，上次的事是我错用了陈纪，你可不知道我老后悔了。这一次，如果你能打下庐江，抓到陆康，那庐江郡就真的归你啦。

史书记载袁术的原话是“庐江真卿有也”，就是确定，肯定，一定，百分之一万地归孙郎你哟。

孙策一方面惦记着父亲剩余的旧部，另一方面也和陆康有点过节——早年他去拜访陆康时吃了闭门羹，这让骄傲的孙策耿耿于怀。现在新仇旧恨一起算，当年你对我爱答不理，今日我就打你个生活不能自理。

于是，经过两年的围城苦战，孙策终于拿下了庐江郡。然后，在孙策期待满满的眼神中，袁术正式任命老部下刘勋为新任庐江太守。

孙策：？！

等一下，好像有哪里不对。这怎么和说好的不一样啊？

是的，这就是袁术，在不靠谱这方面向来很靠谱。

年轻人可以吃苦受累，但不能自讨苦吃。袁术一系列的骚操作终于让孙策下定决心要脱离他，自己单飞。

很快，机会来了。

扬州刺史刘繇派兵夺取了袁术控制的丹阳，并占领了江北的渡口，彻底堵死了袁术进入江东的路线。袁术虽然出兵攻打刘繇，却始终没有取得进展。

于是孙策第一时间找到袁术表决心，说自己家在江东有群众基础，愿意带兵攻取江东，然后就可以凑起一支部队，帮袁术平定天下，谋成大业！

对于孙策说的话，袁术恐怕是一个字都不信。他也知道自己这些年对孙策属实不厚道，并不会天真地以为孙策会不计前嫌，以德报怨。

当然他更不相信，自己兵强马壮都突破不了的长江防线，孙策这个小娃娃还能啃下来？最后还不是得哭唧唧地回来抱自己的大腿。

既然如此，就随他折腾去呗。于是孙策被袁术表奏为折冲校尉，代理殄寇将军，奉命东征。

说是东征，其实孙策只从袁术那里领到了一千多的士卒及相应的军需品，再加上可怜的几十匹战马，以及孙策自己的宾客几百人。

这就是孙策全部的“家当”。

而他要面对的，则是横断南北的长江天堑，占据江东、兵马数万的扬州刺史刘繇、吴郡太守许贡和会稽太守王朗等实力大佬，还有类似山越祖郎、吴郡严白虎这样数不清的地方武装。

如果光看纸面实力的对比，孙策这次东征成功的概率不说趋近于零，也是万里无一。

当然，就算孙策“万一”成功了，袁术也有后招。此前他早已任命周尚接替了吴景的丹阳太守职务，就算孙策真能创造奇迹，夺回丹阳，这奇迹的最大受益者还是他袁术。

然而，得知消息后，孙策却笑了。

因为袁术任命官员前的背景调查做得实在是稀烂——这个新任的丹阳太守周尚虽然在汉末没什么名气，可他有个超级有名的大侄子，叫周瑜，周公瑾。

孙策和周瑜是什么关系？是发小，是铁子，是知己，是死党，是异父异母的亲兄弟。袁术这一任命，相当于是把丹阳直接塞到了孙策怀里。

事实上孙策在出发后，第一时间就给周瑜写了封信，邀请他来帮忙。

而周瑜没给他回信，他直接把自己当成了回信——带着周家的全部资源，组成了一支庞大的船队，带着武器辎重来支援孙策。

孙策见到周瑜后，满心的欢喜汇成了一句话——“吾得卿，谐也。”

哈哈，我有了你啊，这事就成了。

此时孙策的部队已经扩张到五六千人，又获得了周家的全力援助，他终于可以放开手脚，真正为自己而战，为孙家而战了。爆发出全部战斗力的孙策一出手就击败了敌军，夺回了江北的渡口。

但眼前又出现了难题，滚滚长江拦住了他的脚步。

孙策有船，但不多，至少没多到能一次性把所有部队都运过去的程度。堂堂“江东小霸王”，总不能连江东都过不去吧。

这时有人给孙策出了个主意，不如砍芦苇编成筏排，一路漂到江东去！

光是把芦苇筏子和滚滚长江这两个词放在一起就已经很魔幻了，更魔幻的是孙策竟然采纳了。

全军砍芦苇！

兴平二年（195年）十二月，孙策靠着芦苇筏子抢渡长江天险，先后击败了下邳相笮融、彭城相薛礼。但孙策本人也在战斗中大腿中箭，被人抬回了大营。不过这箭也不能白挨，孙策将计就计，干脆让间谍散布自己已死的假消息。

敌军：哈哈，孙郎已死，咱们的机会来了，冲冲冲！

埋伏圈里的孙策：呀，我死了！哈，我装的！

敌军，卒。

连战连捷的孙策没有浪费时间和兵力与残余敌军纠缠，他长驱直入，兵锋直指扬州刺史刘繇所在的曲阿。

最终，在孙策的闪电突击下，刘繇弃城而逃，吴郡太守许贡也兵败逃走。

孙策进入江东后军纪严明，从不扰民，很快打消了百姓的抵触情绪，在江东打开了局面。

这时孙策却突然分兵，让周瑜返回丹阳坐镇。因为丹阳不仅是孙策夺取江东的出发地，更是未来争霸中原的中转站，此时的孙策已经在放眼天下、布局将来了。

只不过他忽略了袁术的小动作。在得知孙策攻入江东的消息，也明白了周家和孙策的关系后，袁术一方面装模作样地给孙策升了官——把原来封他的“代理”殄寇将军，变成了正式的；另一方面又派堂弟袁胤取代了周尚的丹阳太守之位。

孙策千辛万苦夺回来的丹阳郡，就这么成了袁术的战利品。

真不愧是袁术，在“不做人”这一领域，一直遥遥领先啊。

对于袁术这种无耻行径，孙策只当没看见，毕竟江东六郡[①]他还没有全部平定，被打跑的前吴郡太守许贡投奔了豪强严白虎，会稽太守王朗也还没拿下，这两股势力才是孙策此时的心腹大患。

不过对于先解决谁的问题孙策团队内还是有点争论的。舅舅吴景认为应该先平定盘踞吴郡的严白虎，然后再出兵会稽。不然家里没收拾干净就出门，总觉得心里不踏实。

但孙策却有不同的想法：

虎等群盗，非有大志，此成禽耳。

一句话概括就是——严白虎？他也配？

所以孙策果断地带兵南下，打败王朗，夺取了会稽后，再回军攻打严白虎。在孙策的猛烈攻势下，严白虎也顶不住了，只能派自己的弟弟严舆向孙策求和。

严舆号称是严白虎手下的武力担当，一向以勇武闻名，并且指名道姓要和孙策单独“聊聊”。

---

① 东汉扬州辖九江、庐江、豫章、吴、会稽、丹阳六郡，其中九江、庐江位于江西。后孙策分豫章郡南部为庐陵郡，并占据庐江郡南部。故江东六郡多指庐江、豫章、吴、会稽、丹阳、庐陵六郡。

你想聊，那咱就聊呗。

孙策亲自接见了严舆。然而两人刚坐下，孙策就突然抽出兵刃砍向面前的座席，给严舆吓得一哆嗦。

孙策却哈哈大笑地说了一句：

闻卿能坐跃，剿捷不常，聊戏卿耳！

我听说你能坐着跳跃，而且还特别灵活，所以跟你开个玩笑嘛。

汉代人的“坐”，其实是跪坐。跪地上用膝盖起跳，而且还跳得特别矫健，特别灵活，这本事放在今天不是武术高手，高低也得是个街舞冠军吧。

其实孙策这既是在试探，也是在示威，而被拿捏的严舆还在嘴硬：

我见刃乃然。

哼，我不是做不到，只是见了兵器吓一跳。

这话不说还好，一说反而暴露了他色厉内荏的本质。孙策一听就乐了，眼前这个所谓的勇士和他背后的大哥，也就那么回事。

既然如此，那就没啥好聊的了。

孙策抽出一把手戟投向严舆，将其当场斩杀，然后出兵攻打严白虎。严白虎的手下一听最能打的严舆让孙策杀了，都吓得没了抵抗的心思。于是孙策轻松取得了胜利。

从独自东征，到抢渡长江，再到拿下丹阳、吴郡、会稽三郡的核心地区，奠定日后孙吴的立国之基，孙策仅仅用了八个月的时间。

当年项羽二十四岁起兵，二十七岁自封西楚霸王。而孙策则是十七岁从军，二十一岁横扫江东，也难怪许贡会说他“与项籍相似”了。罗贯中称他为“江东小霸王”也真的是实至名归，当之无愧了。

此后的数年间，孙策把主要精力都放在巩固江东根据地上，他和袁术的关系也一步步从离心疏远，走到势同水火。之前孙策打下一个地方，袁术就派个自己的亲信来做官，还把孙策团队的核心成员全都调往淮南，试图削弱他的实力。

但名义上袁术毕竟是孙策的领导兼长辈，如果孙策公开和袁术撕破脸，难免会落下一个以下欺上、忘恩负义的名声。

不过很快，袁术自己就送上了一个绝佳的理由，打消了孙策最后一丝丝和他决裂的思想负担。

袁术称帝了。

汉末想称帝的人多了，但时机不到，大家都不愿背上一个“乱臣贼子”的骂名。只有袁术第一个跳出来拉仇恨，自然遭到了全天下的声讨。

孙策也趁势阻断了长江南北的交通，断绝了与袁术的一切来往，还把袁术派到江东来占便宜的那些亲信通通驱逐出去。

当然袁术也针锋相对，他派人勾结江东的地方豪强祖郎等人来对抗孙策。就是孙策当年刚组建军队时，差点要了孙策小命的那个祖郎。这个活跃于丹阳郡一带的山越头领，曾几次把孙策逼到绝境。不过这一次他没这么好运，孙策已经不是当年的孙策，此时的他，兵强马壮，广得人心，一出手便俘虏了祖郎，并且在这一战，还收获了一员大将太史慈，此人成为他之后扫荡江东的最大助力之一。

太史慈原先在扬州刺史刘繇麾下，后来刘繇被打跑，太史慈就自封丹阳太守，继续对抗孙策，后来山越也有一部分武装力量归附了他。孙策俘虏祖郎后，捎带手把太史慈也收入了麾下。

此后，孙策任命太史慈为门下督、折冲中郎将，负责对内安保和对外战争；又任命祖郎为门下贼曹，主管抓捕盗贼和安全警卫。

让祖郎这么一个“反贼”出身的俘虏，去主管“反”贼工作，也算是孙策特有的幽默感了。

不过这也体现了孙策用人不疑的魄力和不计前嫌的胸襟。仅从这一点上来说，他这个“小霸王”，可比那“妇人之仁”的真霸王项羽要强太多了。

建安四年（199年），众叛亲离的袁术病死了，有些旧账也该好好算算了。

孙策写信忽悠“老熟人”庐江太守刘勋出兵攻打豫章，可刘勋前脚刚走，孙策后脚就来踹门了。当年刘勋就是靠着自己袁术亲信的身份，顶替孙策出任了庐江太守。现在也是时候物归原主了。

在夺取了庐江这个重要交通节点后，孙策也终于可以实现一直以来的夙愿——西征！目标，黄祖！

杀父之仇，不共戴天。父亲，儿子终于有能力替您报仇了！

孙策带领部队浩浩荡荡地逆江而上。荆州刘表派侄子刘虎等人来支援黄祖，却依然无法阻挡孙策的攻势。

一战下来，黄祖几乎全军覆没，只能只身逃走，连媳妇孩子都被孙策俘虏了。刘虎方两万多人战死，跳水淹死的也有一万多人。光是孙策缴获的敌军船只就有六千多艘，其他的物资财货更是堆积如山。

之后孙策乘胜追击，拿下豫章，一统江东，打下了孙吴立国之基，让曹操都不得不叹息着说：

猘儿难与争锋也。

猘儿，在当时指勇猛的年轻人。曹操这句话的意思就是，孙策这小子也太猛了，以后可是难对付啦。

曹操看人向来挺准。

建安五年（200 年），正当曹操和袁绍在官渡之战中打得难解难分时，孙策决定突袭曹操的老巢许都，迎汉献帝到江东，体会一下“挟天子以令诸侯”是什么感觉。

如果孙策的突袭成功，整个天下的格局，甚至是汉末三国的历史走势都要发生剧变。

但可惜的是，每个人都要为自己的选择付出代价。

孙策杀了上表攻击自己的许贡，自然就有人想为许贡报仇。有一次他狩猎时因为着急追赶猎物，和护卫随从走散了，结果遭到了三个许贡门客的刺杀。

电光石火之间孙策虽然杀死了一名刺客，但他本人也因此身负重伤。弥留之际，孙策把弟弟孙权叫到身边，留下了遗言：

举江东之众，决机于两陈之间，与天下争衡，卿不如我；
举贤任能，各尽其心，以保江东，我不如卿。

说完不久，孙策因伤重而去世，年仅二十六岁。

孙策以少年之姿创业于乱世，短短数年间就席卷江东，为孙吴立国奠定了基础。他不仅是当时几大政治军事集团中实力发展最快的一个，更是魏、蜀、吴三方势力中最年轻的一个。

猘儿难与争锋，只可惜英雄也薄命。

周瑜

◎ 那一年的东风，甚是喧嚣

东汉末年，天下大乱，民不聊生。

只不过人类的悲欢并不相通。

庐江郡舒县[①]的一座宅邸内，一场盛大的宴会正在举行。酒宴上高朋满座，推杯换盏，乐师们也在旁边卖力地当着气氛组。

突然，一个乐师小手一抖，弹错了一个音。

此时，满座宾朋已是酒过三巡，上头微醺，这个错音又和其他乐器奏响的声音叠加在一起，按理说一般人根本就听不清。

但一位少年郎却剑眉一挑，第一时间就转头看向了那个弹错的乐师，并就此创造了一个典故——“曲有误，周郎顾。”

这位周郎，就是周瑜，字公瑾。他是这座大宅的主人，也是整支乐队的所有者。古代的乐师属于“贱籍”，是在户籍和法律层面上就遭到歧视的低贱职业。对于这个犯错的乐师，周瑜别说骂两句打两下，就是当场杀了都不需要负什么刑事责任。

---

① 一说今安徽庐江县，一说今安徽舒城县。

但周瑜却看破不说破，只是微微一笑，用眼神无声提醒。

弹错了，下次注意啊。

君子如玉，温润无伤，说的就是周瑜这样的人。

“瑜”和“瑾”在古代都指的是美玉的意思，周瑜也的确对得起自己的“名”和“字”。史书记载他高大健壮，容貌俊美，气质出众。周家的家世虽比不上汝南袁氏拥有四世三公般的显赫，但也是诗书传家，出过两个太尉和一个洛阳令。

周瑜从小智慧过人、文武双全，十余岁就已经独当一面，参与族中事务了。良好的家世和教育造就了周瑜温文尔雅的性格，再加上他的颜值，可以说在当地非常受欢迎。

大家叫他“周郎”。“郎”在古代是人们对青年才俊的爱称。用现在的话来说，周瑜就是那种赢在起跑线上的孩子，哪怕一辈子躺平，都不耽误他享受人生。

但人生的境遇，往往出人意料。

汉灵帝中平元年（184 年），周瑜遇到了改变他一生的那个人。

“我是孙策，字伯符！”

迎面走来的少年声音洪亮，人还没到，爽朗的笑声就已经传入周瑜的耳中。几乎是在第一眼相见的时候，周瑜就认定了孙策这个“大哥”，还拜见了孙策的母亲——这在古代被称为“通家之好”，表示两个好朋友好得跟一家人一样的意思。

中平六年（189 年），周瑜帮助孙策把全家都搬到舒县，靠着周家在舒县的人脉，孙策终于结交到了当地的上流人物，很多江淮一带的名士也都纷纷来投奔孙策。

然而战火纷飞的年代，意外和明天永远不知道哪个先来。

孙策之父孙坚奉袁术之命攻打荆州时战死，十七岁的孙策只能子承父业，继续给袁术打工，周瑜也不得不与好友暂时分离。

兴平二年(195年),周瑜离开家乡去探望身为丹阳太守的叔叔，却突然收到了孙策从历阳[1]写来的一封信：

我要远征江东，公瑾，一起啊?

这是一封怎么看都不太灵光的招聘信。但周瑜却义无反顾地率领着满载周家精锐战士和粮食辎重的船队踏浪而来，用实际行动表达了对孙策的支持。

伯符，我来啦!

不到一年的时间，周瑜就配合孙策连败强敌，迅速在江东站稳了脚跟。但此时周瑜他们家名义上还是归袁术领导，而袁术也想征召周瑜为将领。

周瑜怎么可能跳上袁术这艘必沉的破船，他主动申请担任居巢[2]县长。袁术也同意了，却不承想这是周瑜在“曲线救国”，不为别的，只因为这里离江东很近，方便他随时跑路去投奔孙策。

建安三年（198年），周瑜正式脱离袁术，奔赴吴郡[3]，投奔孙策去了。走的时候他还顺便拐走了一个“宝藏男孩”，就是后来他最大的死忠粉和继承者，也是“联刘抗曹”战略的提出者——鲁肃，鲁子敬。

伯符，我又来啦!

对于周瑜的到来，孙策也给到了最高的礼遇，任命他为建威中郎将，调拨给他士兵两千人，战骑五十匹，还赐给他鼓吹乐队，

---

① 今安徽和县西北。
② 今安徽巢湖市下辖县。
③ 今江苏苏州。

替他修建住所。周瑜所获得的权利和待遇，可以说在孙策的团队里是独一份的存在。

一年后，周瑜又被任命为中护军，兼任江夏太守，随孙策出征荆州。两人顺便还同时结了个婚——攻破皖城时，他们俘虏了乔公的两个女儿。孙策娶了姐姐，周瑜娶了妹妹，就是后世传说中的三国美女“大乔”和“小乔”。

就这样，孙策和周瑜从好朋友，好兄弟，好伙伴，又升级成为好连襟。战事结束后，孙策率主力返回江东根据地，周瑜则留下来镇守巴丘。

但谁也没想到，这一别，竟成永别。

建安五年（200年）四月，孙策遇刺身亡，临终时把江东基业托付给十八岁的弟弟孙权。

在外练兵的周瑜收到消息后顾不得伤心，第一时间回来“武装奔丧”。他带头用君臣大礼对待孙权，以实际行动确立了孙权的一把手地位。在此后的几年时间里，周瑜扫平叛乱，锻炼队伍，举荐人才，整合力量，成功让江东集团度过了因孙策意外身亡而引发的危机。

在稳定内部局势的同时，周瑜更展示出了卓越的战略眼光和顶层设计能力。

建安七年（202年），曹操在官渡之战中打败袁绍后，以汉献帝的名义命令孙权送人质入朝，实际上就是逼孙权臣服。

年轻的孙权有点忐忑，就单独把周瑜叫来商量，同时在场的还有孙权的母亲吴国太。这代表这次谈话已经不是君臣之间的工作会议，孙权在哥哥过世之后，也把周瑜当成了自己的亲人，一家人关起门来说话，自然不用绕弯子了。

面对强势的曹操，周瑜强硬地表示：

极不过一侯印，仆从十余人，
车数乘，马数匹，
岂与南面称孤同哉？

与其替别人打工，咱在江东自主创业，自己给自己当老板，它不香吗？

这是周瑜第一次正式提出自己对于江东集团的未来远景规划，那就是席卷江南，和北方诸强分庭抗礼。

周瑜的这番话不但说到了孙权心里，就连吴国太也表示赞同。老太太语重心长地对儿子孙权说，公瑾只比你哥孙策小一个月，我一向把他当亲儿子看，你也得把他当成亲哥！

于是孙权拒绝了曹操的要求，按照周瑜的规划开始了下一步的行动。

首先就要拿下上游的荆州。

建安十三年（208 年）春，周瑜率军攻占夏口[①]，为夺取荆州扫清了道路。

但就在这时，局势突变——刘表死了，荆州降了，刘备跑了，曹操南下了。

在外练兵的周瑜接到孙权的紧急通知，第一时间赶回了江东。

一进门，周瑜看到的是彷徨无助的孙权，有心无力的鲁肃，

---

① 今湖北武汉。

放弃治疗的张昭，还有桌上曹操写的那封豪气干云的“劝降信”：

今治水军八十万众，方与将军会猎于吴！

吹，接着吹。

面对曹操的武力恫吓，周瑜开口说的第一句话就是：

操自送死，而可迎之邪！

曹操自己跑来送死，咱必须成全他啊！

孙权：啊？

张昭：啊？

鲁肃：呜呜呜，公瑾哪，你可算回来了……

大军压境之下，愁云惨淡之中，周瑜气定神闲，风轻云淡地说出了自己的理由——曹操后方不稳，必定急于决战；曹军不擅水战，决然无法登陆；南方寒冬难挨，曹军必生疫病。只要给我几万精兵，我保证打得他鬼哭狼嚎！

归根到底就一句话，优势在我。

听完周瑜的分析，孙权立刻又觉得自己行了。但不管怎么说，孙刘联军的总兵力还是处于绝对的劣势。孙权私下摸着周瑜的后背，掏心窝子地说道：公瑾哪，要是真打不过曹操，你就退回来，大不了咱和曹操拼个鱼死网破就是！

这句话，暴露了他的信心不足。

而此时的刘备也是类似的想法。

当周瑜带领部队，沿江而上来到樊口时，驻扎在此的刘备第一时间拜访了周瑜，也问出了他最关心的那个问题：此次出兵，周都督带了多少人马？

周瑜坦诚相告：三万。

刘备听后感叹了一句：恨少。

周瑜却自信地表示：够用。

事实证明，周瑜真不是吹牛。

他与刘备合兵一处，继续逆流而上。联军航行到赤壁，正面撞上了正在渡江的曹操船队。当时数量众多的曹军船只往来江面，百舸争流，千帆竞渡，这种压迫感，可以说实打实地敲击在孙刘联军的心头。

但，那又如何呢？

在周瑜的指挥下，孙刘联军如砍瓜切菜一般，轻松取得了首战的胜利，让曹操闪击江东的计划成了泡影，不得不收缩兵力，退守江北的乌林。

这就是赤壁大战的第一阶段——赤壁遭遇战。孙刘联军虽然初战告捷，但曹军主力尚在，战场形势依然对孙刘联军不利。

这时，周瑜麾下的老将黄盖提出了一个破敌之策——曹操的水军战船首尾相接，可以用诈降之计，让敌军放松警惕，然后出其不意地发动火攻。

冷兵器时代的水战基本上就是撞击、接舷和火攻三个套路，其中又以火攻的杀伤力最大，也最有可能创造以弱胜强、以少胜多的奇迹。

于是黄盖就给曹操写了封“投降信”，从后来的剧情发展来看，曹操对黄盖的“投诚”是持相信态度的，火攻的前提算是搞定了。

但又出了新问题——开战之时已是冬天，吹的是北风。就算纵火成功，大火也是烧向长江南岸的孙刘联军，根本烧不到江北的曹操。

这不是火攻，是自焚。

然而周瑜却胸有成竹。没东风？不要紧，我去借一场“东风”就是。

别误会，这不是周瑜抢了诸葛亮的台词，因为这场“东风”本就在周郎的计划之内。

是日，凯风自南。风向，真的变了。

于是黄盖的船队上塞满易燃物，里面浇上油，外面裹着布，以诈降的名义直接向曹军所在的乌林方向驶去。当船队行进到江心的位置，突然“中江举帆”，点燃船只向曹军冲去，黄盖等人则跳上船尾的救生艇，拼命向南岸驶去。

熊熊燃烧的船队因为顺风的关系瞬间提速，以不可阻挡之势冲向了曹军大营。冬季干燥的气候，遍布枯枝败叶的滩涂和江岸，简直就是最完美的纵火现场。黄盖的船队不但引燃了曹军的战船，火势还在强风的助燃下，瞬间蔓延到岸上。

一时间，火光冲天，浓烟蔽日，曹军大营被笼罩在一片火海之中，慌乱中被烧死、呛死和淹死的人马不计其数 。

乌林的火光，映红了南岸的赤壁，也点燃了孙刘联军的斗志。周瑜和刘备率军水陆并进，乘胜追击，曹军兵败如山倒，曹操只能率军从华容道狼狈撤回江陵。

这就是赤壁大战的第二阶段，也是整场战争的关键一幕——

乌林火攻战。

是的，人们常说的“火烧赤壁”，准确的说法应该叫“火烧乌林”。

曹操撤军后，周瑜乘胜追击，在并不擅长的陆战中击败了曹军名将曹仁、徐晃、乐进等人，夺取了荆州重镇江陵[①]。

至此，这场赤壁大战才算正式落下帷幕。

可以说就是这样一场意外的“东风”，既击碎了曹操统一江东的计划，也成就了周瑜流传千古的威名，更奠定了日后魏蜀吴天下三分的格局。

这一年，周瑜才三十四岁。

唐代诗人杜牧在《赤壁》一诗中曾写道：

东风不与周郎便，铜雀春深锁二乔。

其实杜牧不但搞错了风向，更低估了周瑜的战略眼光和指挥艺术。

因为周瑜“借”的不是东风，而是南风或东南风。我国大部分地区在冬天吹的基本是西风或西北风，这个风向对身处南岸的周瑜来说自然是不够友好。

但基本是，不代表全都是。

据现代气象学观测研究可知，即便是在隆冬时节，赤壁一带在一个月中也至少会有 3 天是吹南风或东南风的。

周瑜的家乡舒县和赤壁战场纬度相近，气候相似，他作为当

① 今湖北荆州。

地人自然清楚，即便是冬天也一样会有适合火攻的风向出现。他要做的只是把战争拖入相持的阶段，演好诈降的戏码，准备好火攻的物料，然后耐心等待那场一定会来的“东风”。

退一万步说，没有“东风”，火攻就玩不转了吗？

未必。

不知道大家有没有注意到一个细节，黄盖的船队带着燃烧物在“中江举帆”。

这短短的四个字中，其实还隐藏了一个江东水军的“黑科技”——那就是中国古代的中式硬帆。

当时江东水军中有一种多桅多帆的战船，使用一种名为“卢头木”的植物制作成硬帆，可以通过调整帆面的角度，充分利用侧向风力，甚至实现逆风而行。

也就是说哪怕风向不顺，江东水军也能对曹操军队实现全方位的碾压和多维度的打击，只不过不如顺风时取得的战果大而已。

一千年后，因“乌台诗案”被贬为黄州团练的苏轼，面对着滚滚东流的不竭长江，大笔一挥写下了后人耳熟能详的千古名句：

遥想公瑾当年，小乔初嫁了，雄姿英发。
羽扇纶巾，谈笑间，樯橹灰飞烟灭。

虽然汉末三国时的赤壁，小乔不是初嫁，一身戎装的周瑜也不是苏轼口中的文人打扮。但将周瑜那谈笑间击破强敌的算无遗策，的确是刻画得入木三分。

战争是一项技术，更是一门艺术。临阵破敌，出其不意，身先士卒，千军辟易，能做到这些的将领在孙刘联军中还有不少。但周瑜和他们都不同，他不是“将才”，他是“帅才”，是掌握了“庙算”这种大杀器的杰出军事家。

《孙子兵法》中说：“夫未战而庙算胜者，得算多也。”

所谓“庙算”，是指对战争的通盘考量和整体安排，“选将、量敌、度地、料卒、远近、险易，计于庙堂也”。

翻译过来的意思就是如何配置队伍、了解敌情，如何估算兵力、侦察地形，如何规划路线、预判风险……这一切都要在开战前计算清楚，计划明白，计略周详，这些才是决定战争胜负成败的关键。

非常黑色幽默的是，以上这段说明来自曹操对《孙子兵法》的注脚，却被周瑜给活学活用了。

但这场胜利也不是没有代价的。

在攻占江陵的战斗中，周瑜被流矢射中右肋，身负重伤，本应好好休养。但江东传来的一个消息却让他只能再次带伤上岗——孙权竟然答应把江陵“借”给刘备，还顺手嫁过去一个妹妹。

是的，“周郎妙计安天下，赔了夫人又折兵”完全是孙权的主意，和周瑜没有一毛钱关系。

因为和主张“联刘抗曹”的鲁肃不同，周瑜的主张向来是“制刘抗曹”。

在周郎的计划里，从来就没有什么天下三分，有的只是多路北伐，统一中国，最次也是个划江而治，平分天下。

所以江陵之战后周瑜把刘备丢到相对荒蛮的荆州南部，就是要彻底封死刘备西入巴蜀、北上中原的道路。周瑜甚至还建议孙权找机会软禁刘备，把这个潜在的竞争对手消灭在萌芽中。这也许是刘备奋斗生涯中最接近完蛋的一次，哪怕若干年后刘备想起周瑜，都心有余悸，后怕不已。

但彼时彼刻的孙权并不能完全体会周瑜的苦心，还在养伤的周瑜只能紧急返回江东面见孙权，提出了退而求其次的“方案B”——夺取巴蜀，兼并张鲁，联合马超，然后回军夺取襄阳。

占领巴蜀和汉中，联合关中的马超，从西部威胁曹操——这是日后诸葛亮“六出祁山”、北伐中原的路线；攻占襄阳，兵锋直指曹操统治的核心地带——这是后来关羽北伐、威震华夏的路线。

襄阳在江陵之北，东吴控制了襄阳，一样可以锁死刘备。

这是周瑜对东吴未来规划的 2.0 版本。更准确地说，是周瑜在用透支生命的方式来挽救孙权犯下的战略失误。

建安十五年（210 年），孙权正式批准了周瑜西征巴蜀的战略方案。周瑜立即返回驻地江陵，带上人马出发了。如果周瑜的计划成功，那三国的历史将彻底改变，甚至就连“三国”这个概念，都将不复存在。

可惜，“出师未捷身先死，长使英雄泪满襟”不仅可以用来形容诸葛亮，同样可以用来描述周瑜。

当周瑜率军行进到巴丘[①]时，意外又一次出现了。可能是因为旧伤未愈，可能是因为突发疾病，周瑜病倒了，而且病情日益严重。

自知时日无多的周瑜给孙权上表，推荐鲁肃接替自己，提醒孙权防范曹操和刘备。直到生命的最后一刻，他心心念念、夙夜担忧的，依然还是他的江东。

在病榻之上的周瑜，说出了自己人生最后的遗憾：

人生有死，修短命矣，诚不足惜，
但恨微志未展，不复奉教命耳。

---

① 今湖南岳阳。

我并不贪恋人间的岁月，唯一可惜的就是不能亲手实现自己的理想。

如果能有再多一点时间，我就能完成对伯符的承诺啦。

在苏轼写下《赤壁赋》之后的五百年，明代三才子之首的杨慎有一首《临江仙》，历来被认为最能写尽那个波澜壮阔、英雄辈出的大时代，也同样适用于周瑜：

滚滚长江东逝水，浪花淘尽英雄。

是非成败转头空。

青山依旧在，几度夕阳红。

白发渔樵江渚上，惯看秋月春风。

一壶浊酒喜相逢。

古今多少事，都付笑谈中。

慕容垂

◎ 兴复大燕，从我做起

永和四年（348 年）九月，占据辽东的燕王[1]慕容皝（huàng）去世，世子慕容儁（jùn）继承了燕王之位。继位后，他第一时间把五弟慕容霸叫到身边来，准备给这位好弟弟改个名。

慕容儁：阿六敦（慕容霸的鲜卑名），听汉人说先秦时晋国有个名将叫郤（xì）缺，我觉得你也挺稀缺，从今以后你就叫慕容缺吧！来，给大哥乐一个！

面对新任燕王兼大哥的命令，新鲜出炉的“慕容缺”只能咧着嘴，努力露出缺了两颗门牙的笑容，以表达自己对这个新名字的满意之情。

因为小时候骑马打猎摔断了门牙，慕容霸一直被人笑话。而那个带头笑话他的人，就是此刻高高在上、给他改名叫“缺”的大哥慕容儁。

---

① 慕容皝称燕王，其子慕容儁称帝后以燕为国号，史称“前燕”。故史书亦以“前燕”称呼慕容部。

当然，给人改名的事慕容儁干了不止一回两回了，《资治通鉴》记载他曾在赦免叛将宋晃后，改其名为宋活；又在引诱渤海土豪逄（páng）约中计后，改其名为逄钓。这也算是慕容儁的某种特殊恶趣味了。

但没过多久，慕容儁又改主意了，把缺[①]字的右半边去掉，让弟弟再次改名叫慕容垂[②]。虽然不如慕容霸那么威武昂扬，但好歹比慕容缺更像个正经名字。

别误会，这不是因为慕容儁良心发现，而是因为当时关中、河北地区流传着一个奇怪的谶语——“三羊五眼”者有天命。

三头羊应该有六只眼睛，五眼就是缺一个，也就是说“缺”和“天命”是挂钩的。前秦的第二位皇帝苻生就是因为天生“缺”一只眼睛才被立为太子的，可见这句谶语的魔力。

慕容儁给弟弟改名是为了羞辱霸凌，怎么能允许他拥有天命，所以才给慕容垂二次改了名。

都是自己兄弟，慕容儁为何如此恶意满满？

三个词概括就是：羡慕，嫉妒，恨。

因为慕容垂真的太优秀了。史称他“少岐嶷有器度，身长七尺七寸，手垂过膝”，从小就深受父亲燕王慕容皝的喜爱。他十三岁时就勇冠三军，战功卓著；十六岁时随父兄东征高句丽，攻破了高句丽都城丸都[③]，打跑了高句丽王，甚至连祖坟都给人家刨了；十八岁时，慕容垂又参与了前燕对鲜卑宇文部的决战，阵斩敌军主将。此战后宇文部被前燕吞并，就此在历史的舞台上消失，慕

---

① 缺的异体字为䍗。

② 永和四年前慕容垂仍名慕容霸，为行文统一，本书统一称呼其为慕容垂。

③ 今吉林集安。

容垂被封为都乡侯。

打败高句丽和宇文部，是前燕崛起过程中的两个标志性事件，慕容垂都深度参与，立下赫赫战功，甚至威名都传到了强大的后赵人耳朵里。

所以老爹慕容皝对慕容垂是越看越喜欢，经常说咱家老五一看就是做大事的材料，果然配得上为父给你取的这个“霸”字，威武霸气啊。

慕容皝甚至一度想要废掉老大慕容儁，改立慕容垂为继承人，只不过没有得到群臣的支持，最后不了了之。

现在知道大哥慕容儁为啥那么恨慕容垂了吧，嫉妒让人面目全非啊。

不过明知道大哥给自己穿小鞋，慕容垂却依然以大局为重，全心全意地辅佐大哥。

永和五年（349 年），后赵皇帝石虎驾崩，后赵大乱。驻守在一线的慕容垂赶紧给大哥打报告，说这是咱们进取中原、争霸天下的好机会啊。

但不知道慕容儁是因为前年刚死了爹，有点和后赵共情了，还是单纯不乐意让慕容垂出风头，总之他就是没同意。

慕容垂急得快马加鞭赶回前燕都城龙城[①]当面劝谏，终于说服慕容儁下定决心进攻后赵，拉开了前燕争霸中原的序幕。

永和六年（350 年）二月，慕容垂带领前锋部队率先南下，一路势如破竹，不到一个月就配合主力攻克了蓟城[②]。

---

① 今辽宁朝阳。
② 今北京。

然而在攻克蓟城后，慕容儁却下令把后赵降卒全部坑杀。慕容垂力劝大哥，咱是来问鼎中原的，要注意维护形象，不然以后谁还愿意跟着咱呢。这才让慕容儁改变了决定。随后蓟城周围的后赵州县纷纷投降，这一地区也成了前燕的新国都以及进一步向中原扩张的前进基地。

但慕容儁却不想让慕容垂包揽全部功劳，他亲率大军继续进攻，结果在进军途中遭到后赵军的夜袭。还是慕容垂亲自带着手下拼死抵挡，在夜色中亲手斩杀十几名敌军，这才遏制了后赵军的攻势，保住了前燕大军。

可即便是做到这种地步，慕容垂依旧没有收获大哥的任何善意。

此战后，他就被慕容儁雪藏了整整两年。直到永和八年（352年），慕容垂才再次领兵出征，招降了后赵立义将军段勤。

这倒不是因为大哥慕容儁转性了，而是因为慕容垂的妻子段氏和段勤都出自鲜卑段部，是兄妹关系，由慕容垂出面劝降更方便而已。

永和十年（354年）四月，慕容儁称帝，建号元玺，史称前燕。慕容垂虽被封为吴王，却依然被不停针对，只不过结果往往都出乎慕容儁的意料——慕容儁把他丢回旧都龙城去看家，他就把辽东故地经营得蒸蒸日上；慕容儁把他派到塞北草原，他就出击敕勒，斩首十多万，缴获马匹十三万，牛羊数万，极大充实了前燕的国力。

不管把他放到哪里都能发光发热，想压都压不住。

此时慕容儁身体已经不行了，太子慕容暐的岁数又太小。自知时日无多的慕容儁生怕自己死后，慕容垂会威胁儿子的帝位，于是联合皇后可足浑氏对慕容垂下了黑手。

可足浑氏和慕容垂的妻子段氏的妯娌关系本来就很恶劣，且他们更忌惮段氏家族在国内的势力。干脆来个一箭双雕，把威胁太子之位的慕容垂和段氏家族一起干掉。

于是皇后足浑氏派人诬陷段氏和别人搞巫蛊，想借此把慕容垂牵连进来。段氏被投入监狱，遭到严刑拷打，被折磨得体无完肤，却依然紧咬牙关，不肯违心地诬陷丈夫。心灰意冷的慕容垂偷偷让人给妻子捎了个口信，说人总是要死的，何必忍受这样的酷刑呢。他们让你说啥，你就说啥吧。

但段氏依然没有低头，直到在狱中咽下最后一口气，也没有连累丈夫。

由于缺乏关键口供，慕容垂最后也只是被调回辽东，出任平州刺史。但皇后可足浑氏还不放心，强行把自己妹妹嫁给慕容垂，以监视他的一举一动。

经过这么一番折腾，慕容垂的声望和实力大受打击，他那个嫉妒如狂的哥哥慕容儁，也终于可以安心地闭眼了。

前燕光寿四年（360 年）正月，慕容儁病逝，太子慕容暐即位，以太原王慕容恪为太宰，负责具体工作。

慕容恪是慕容垂的四哥，也是十六国时期的顶级军神和杰出政治家。在慕容恪执掌前燕的八年间，慕容垂终于不用担心被人妒忌和迫害，可以尽情施展自己的才华了。他的战功和治绩扬名海内，就连前秦和东晋境内也听说过他的威名。

但是，这一切都随着四哥慕容恪的早逝而结束了。

前燕建熙七年（366 年），重病的慕容恪在临终前屡次举荐慕容垂接替自己的职务，总揽前燕的军政大权。

但皇太后可足浑氏和小皇帝慕容暐却倒行逆施，把总揽朝政的大权交给了志大才疏的上庸王慕容评，把统领军队的大司马给了同样庸碌无能的中山王慕容冲，而慕容垂则被降为原职车骑将军，算是彻底被踢出了前燕的决策层。

很快，他们便为这种自废武功的作死行为付出了代价。

东晋太和四年（369 年），东晋权臣、大司马桓温北伐前燕，一路高歌猛进。慕容评等人派出的虾兵蟹将没一个靠谱，战线很快就被桓温推进到枋头[①]。

惊慌失措的小皇帝慕容暐和慕容评等人，早没了对付自己人时的智计百出和狠辣果断，决定立刻收拾行李回辽西，什么入主中原啊，什么定鼎天下啊，不如回老家保命要紧。

局势崩坏至此，慕容垂实在看不下去了。哪怕他屡遭排挤，但还是想再为前燕、为慕容家拼一把：

不然，臣请击之，若战不捷，走未晚也。

让我再带兵去抵抗一下，就算打不赢，给各位争取点时间跑路也是好的呀。

慕容评表示：也行，反正也没啥损失。

于是慕容垂重掌兵权，南下阻击桓温。

行家一出手，就知有没有。之前还连战连捷的桓温遇上慕容垂也没了办法，只能无奈选择撤军。

慕容垂抓住机会，亲率八千骑兵从后方偷袭，又让弟弟慕容德率四千人从侧面夹击，于襄邑[②]大破桓温，斩首三万多人，不但挽救了前燕的国运，更让桓温的北伐功亏一篑，甚至直接影响了

---

① 今河南浚县西。
② 今河南睢县。

东晋的政局走向。

但力挽狂澜的慕容垂，等来的却是慕容评和可足浑氏进一步的打压。

给慕容垂升官发财是不可能的，奖励慕容垂手下的有功将士也是不存在的。慕容评等人不反思自己为什么不争气，反而懊恼屡遭霸凌的慕容垂为什么总能立功，眼见慕容垂又有崛起的势头，他们干脆一不做二不休，密谋杀掉慕容垂，以绝后患。

当时就有人劝慕容垂，干脆杀去邺城[①]，自立称王，不受这个鸟气！

但慕容垂却不忍骨肉相残，也不愿与家国为敌，于是又一次选择了退让，带着子侄亲信投奔了前秦。

慕容垂的“离家出走”，可把前秦皇帝苻坚乐坏了。这位雄才大略的皇帝一直想吞并前燕，统一北方，唯一忌惮的就是慕容垂。

现在这个顾虑已经不存在了，所以苻坚亲自到长安郊外迎接慕容垂，拉着慕容垂的手，亲切得不行。

俗话说英雄惜英雄，苻坚对慕容垂的好感打从一见面就澎湃得不行，并由此催生了一个成语——一见倾心。

苻坚二话不说就封慕容垂为冠军将军，宾都侯，食邑五百户，后又任命他为京兆尹，甚至许诺将来打下幽州就封给慕容垂当封地。哪怕后来前秦丞相王猛用尽方法想要除掉慕容垂以绝后患，苻坚也依然对慕容垂信任有加，百般器重。

苻坚的热情让处于低谷的慕容垂稍稍感到了一点安慰，他本以为自己的离开是对前燕最好的成全，没想到等来的却是前燕的

---

① 慕容皝自立为燕王后建都龙城。慕容儁正式称帝后迁都蓟城。357 年，前燕迁都邺城。

迅速亡国。

前秦建元五年（369 年），苻坚派王猛出兵灭前燕，贪鄙无能的慕容评等人明明兵力占优，却被打得毫无还手之力，前燕就此灭亡。

四十四岁的慕容垂没想到，他这么快就能回到故国。但唯一的问题在于，故国已经没了。苻坚对投降的慕容宗室很宽容，但慕容垂实在咽不下这口气，强烈要求杀掉慕容评这个败家玩意。出于政治立场，苻坚当然没法同意。于是慕容垂只能把自己的亡国之恨深埋心中。

此时前秦已经统一整个北方，但鲜卑慕容的残余势力还很强大，以王猛为代表的朝臣多次建议斩草除根，把慕容垂等人全都除掉。一时间慕容垂过得是胆战心惊，如履薄冰，每天的精神都高度紧张。

直到王猛病逝，苻坚南下。

前秦建元十一年（375 年）七月，王猛病逝，慕容垂没了催命符，苻坚也没了刹车片。

王猛临终前最挂念两件事，一个是必须杀掉慕容垂，一个是千万别攻打东晋。苻坚表示记住了，嗯，千万别杀慕容垂，必须攻打东晋。

对于苻坚要出兵东晋，群臣几乎一面倒地表示反对，但慕容垂却举双手双脚赞成。因为他敏锐地捕捉到了其中的机会——前秦内政不稳却急于求成，一旦战败，就是他复兴燕国的最好机会！

前秦建元十九年（383 年），苻坚发动举国之兵，号称百万大军，南下进攻东晋，历史上著名的“淝水之战”就此拉开了序幕。

但慕容垂却没有直接参加这场决定中国历史走向的大战。他奉命率领三万偏师攻打东晋的陨城[①]，所以当前秦大军全线溃败时，只有他的部队成建制地撤了回来。

在撤退途中，慕容垂见到了兵败后只剩下一千来人的苻坚部队。曾经的雄心壮志已经灰飞烟灭，那“投鞭断流”的所谓百万大军也分崩离析，现在的苻坚如同丧家之犬一样，弱小可怜又无助。

这时慕容垂的儿子慕容宝提议，趁这个难得的机会，干掉苻坚，兴复大燕！其他人也劝慕容垂现在就动手。

但慕容垂却没有这么做。

当初自己走投无路，是苻坚收留了他。他在前秦屡遭算计，苻坚也屡次包容。

兴复燕国，是国事；忠于苻坚，是私恩。慕容垂虽然不会放弃复国的理想，但他也绝没有卑鄙到乘人之危，落井下石。

于是慕容垂全力保护苻坚北撤，还把自己手中的三万人马全都交还给苻坚，帮助他稳定局势。走到渑池[②]时，慕容垂借口要去河北祭拜陵庙，稳定局势，于是就带着三千人北上了。

陛下已安，臣也该去办点自己的事了。

是年十二月，慕容垂抵达前燕故都邺城附近，开始了他复兴燕国的计划。

前秦建元二十年（384年）正月，慕容垂改前秦年号为燕元年，自称大都督、大将军、燕王，而不是直接称帝。

这一方面是因为前燕的末代皇帝，他那个不争气的大侄子慕

---

① 今湖北安陆。
② 今河南渑池县。

容暐还活着，他直接称帝在法统上来说是有问题的。另外一个原因就是慕容垂既想复兴燕国，又不愿意直接和苻坚这个大恩人为敌。所以他自称燕王，仍称苻坚为陛下、主上，把自己定位为前秦帝国之下的一个诸侯王，和苻坚依然是君臣关系。

和另一支慕容宗室建立的西燕不同，慕容垂对氐族的苻氏臣子并没有赶尽杀绝，比如他在围攻前燕故都邺城时，就一直开放着西侧的道路，允许他们安全撤离。

正当围攻邺城的战事胶着之时，关中却传来消息——苻坚被杀了。邺城的苻丕立即称帝继位，然后带上人马火速返回关中。而慕容垂也信守承诺，目送苻丕离开，并没有趁机下黑手。

被前秦统一的北方又陷入了群雄争霸的局面。

太元十一年（386年）正月，慕容垂自立为帝，改元建兴，定都中山[①]，史称后燕。随后慕容垂带着家中儿郎四面出击，向南将南北对峙的分界线重新推进到淮北一带，向北降伏了鲜卑拓跋部建立的北魏，向东击败了想趁火打劫的高句丽，向西攻灭了另一支慕容皇族建立的西燕。此时的后燕已经达到了国势的顶峰，成为北方的头号强国。

然后，就如坐上过山车一般走了下坡路。

后燕在北方的小弟北魏在一代雄主拓跋珪的带领下实力大增，不再臣服后燕，甚至还敢出兵援助西燕，这可真是不收拾不行了啊。

至少太子慕容宝是这么说的。

慕容家的子侄中人才辈出，有能力有威望的人一抓一大把，这就显得太子慕容宝特别无能，仿佛就是个只会拼爹的“爸宝”一样。

① 今河北定州。

一心想证明自己的慕容宝软磨硬泡，终于争取到了一个带兵讨伐北魏的机会，却在参合陂之战中惨败，后燕军当场战死数万，还有四五万投降的士兵也被全部活埋，慕容宝只带了不到一千人逃回国内。

不得已，慕容垂只能拖着病体亲自出征，为后燕报仇，为儿子出气。他一出手果然不同凡响，直接把拓跋珪打到怀疑人生，一战就差点把北魏打散架了。

可惜，就差了那么一点。

当慕容垂一路北上，行进到昔日的参合陂战场时，之前活埋了四五万后燕军的万人坑上，泥土犹新，尸骨未烂。

白发苍苍的慕容垂命人设立祭坛，祭奠死去的将士。那些死难者的亲人家属无不放声痛哭，哭声在山间震荡回响，仿佛无数冤魂也在跟着哀泣号哭。

此情此景，哪怕是征战一生、见惯生死的慕容垂也绷不住了。他哇的一声吐血而倒，就此引发了旧疾，最终病逝于撤军的途中，终年七十岁。

以慕容垂为代表的慕容家族忍辱负重，矢志复国的经历不但成为十六国乱世里的一段传奇，甚至影响了后世的文学作品创作。

金庸先生在《天龙八部》里塑造了一个以“参合指”为家传绝学、机关算尽也要复兴大燕的慕容博、慕容复父子，显然也是深受历史上慕容垂真实经历的影响。

陈庆之

◎ 单挑我不行，群殴你不行

南梁大通二年（528 年），东宫直阁将军陈庆之接到了梁武帝萧衍一个不可能的任务——带领七千“大军”，“远征”北魏的首都洛阳。

北魏此时虽然刚经历了内乱，正处于动荡之中，但怎么说也是幅员辽阔、带甲百万的北方头号强国，在国力上依然有碾压南梁的实力。

这陈庆之是谁？南梁的中流砥柱？以一敌百的猛将？

都不是。史称他“射不穿札，马非所便”，就是说他箭术不给力，骑术也不咋样，个人武力值几乎为零。

但是，陈庆之还真就完成了这个任务。

陈庆之，字子云，义兴郡国山县[①]人。他自幼追随萧衍，主要的工作就是陪萧衍下棋。萧衍的棋瘾很大，下起棋来根本停不下来，不下到淋漓尽致不痛快。每次萧衍熬夜下棋时，其他“棋童”

---

① 今江苏宜兴西南。

都困得东倒西歪，只有陈庆之能精神抖擞、思路清晰地和萧衍对弈。

正因为陈庆之如此靠谱，他才成了萧衍核心团队中的元老级成员，参与了萧衍争夺帝位的全过程。

天监元年（502 年），三十九岁的萧衍建立南梁政权，史称梁武帝。十九岁的陈庆之也从萧衍的私人侍从变成了国家干部——他先任主书，后官拜奉朝请。当然这两个官职都是只拿工资、不求绩效的闲散职位，算是萧衍给自己核心团队成员的福利待遇。

一般人可能乐得有这种只拿钱不干活的工作呢。但陈庆之却不一样，他把所有资产都拿出来招募团队，聘任贤能，心心念念的都是怎么为国家效力，为皇帝分忧。

因为陈庆之和萧衍之间不只是君臣关系，更是主仆关系。在南朝世家门阀从上到下把持朝政、军政、财政的大环境下，陈庆之这样一个连寒门都算不上的底层人士，只有把自己牢牢和皇帝绑定在一起，才有机会发光发热。

于是，陈庆之就成了那个可以毫无保留、不打折扣地执行皇帝本人意志的最完美的“工具人”。

陈庆之从身体素质上来说是偏文弱的，史书中也找不到他系统接受军事训练的记载。但多年来在棋盘上钻研出的纵横攻守之道，似乎帮他领悟出了真实战场上的战争技巧。

普通六年（525 年），陈庆之迎来了人生中的第一场战役。

北魏徐州刺史元法僧在彭城请求归附南梁，陈庆之被任命为宣猛将军、文德主帅，率领两千人马护送豫章王萧综入镇徐州。北魏安丰王元延明手下别将丘大千则在边境修筑堡垒，企图阻挡梁军。

通常来说，北方军队擅长打野战，南方军队热爱搞基建。但这一次却出人意料。丘大千这边刚修好营垒，陈庆之带着人马一个冲锋就把丘大千给击溃了。

本来形势一片大好，但很快，陈庆之发现后方起火了。原因就在于梁军统帅豫章王萧综。萧综是梁武帝萧衍最疼爱的儿子之一，但他坚定地认为萧衍不是自己的亲爹，甚至是他的杀父仇人。所以趁着天黑，他就叛逃到北魏去了。

主帅的临阵叛逃，让梁军的士气瞬间归零，北魏趁势夺回了彭城，梁军几乎全军覆没。之所以说“几乎全军覆没”，是因为在梁军全线溃败的绝境中，陈庆之依旧牢牢掌控住部队，并顺利带着人马安全南撤。

一年后，陈庆之被任命为假节①、总知军事，又一次带兵出击。此战梁军攻克城池五十二座，俘获七万五千人。陈庆之也因功转任东宫直阁，赐爵关中侯②。

东宫直阁是太子的侍从武官。不是和皇室关系密切的心腹之人，又怎么会获得这个职位。

说白了，陈庆之是皇帝意志的执行者，和以世家大族为主的朝臣并不是一路人。这种若即若离的疏离感，在大通元年（527 年）的涡阳③大战中体现得更加明显。

是年十月，陈庆之跟随领军将军曹仲宗进攻北魏的涡阳，北魏也派出大军来增援。陈庆之提议突袭敌军的前锋，但寻阳太守韦放对这个计划却不置可否。

---

① 在汉、魏、两晋、南北朝时，掌地方军政的官往往加使持节、持节或假节的称号。使持节得诛杀中级以下官吏；持节得杀无官职的人；假节得杀犯军令者。

② 曹魏时设置的爵位，最晚的见于南朝。“关中侯”只是借用关中地名封号而已，是当时的一种虚封爵位，没有饷禄，仅代表荣誉。

③ 今安徽蒙城。

陈庆之坚持道：现成的军功就在眼前，诸位要是不去，我可就自己去啦！

其他人：嗯，那你去吧！

什么叫话不投机半句多，这就是。

于是，陈庆之带领自己手下的两百名骑兵突袭魏军前锋，大获全胜。对，你没看错，就只有两百人，这就是陈庆之能调动的全部直属兵力了。

此后梁军与北魏在涡阳对峙了近一年，从春天打到冬天，大小战斗数百场，两边都有点撑不下去了。梁军主将曹仲宗等人担心腹背受敌，就商量着要撤军。

但陈庆之却态度坚决地表示了反对，他直接往军营门口一堵，手握皇帝授予的符节，义正词严地说道：咱们在涡阳打了小一年，花了这么多钱，死了这么多人，不就是为了今天吗？遇到点挫折就撤退，这是想建功立业还是拦路抢劫？我只知道置之死地而后生的道理，就是要等敌人主力到齐了，再和他们决一死战！

而且他还恶狠狠地表示自己怀里有皇帝授予的密诏，诸位可别逼我拿出陛下给的神秘小纸条！

说白了，这就是类似于尚方宝剑一般的存在，先斩后奏砍几个不听话的，那都是合理合法的。没人愿意用自己的脑袋去验证陈庆之说的到底是真是假，只能咬牙坚持接着打。

于是在夜色的掩护下，陈庆之出动骑兵连续攻克北魏四座营垒，逼降涡阳戍主王纬，俘虏城中军民三万余人。

对于剩下的九座营垒，梁军采取了精神攻击和物理打击并用的策略。首先释放三十几名北魏战俘，让他们到魏军各营垒中散布涡阳陷落的消息，以此动摇魏军的军心。陈庆之则带着部队悄悄跟在这些俘虏身后，趁魏军士气动摇之际发起突然袭击，就这样拔除了北魏剩余的九座营垒。

这一仗打得梁武帝心花怒放，于是又给了陈庆之一个新任务——打进洛阳城，帮助北海王元颢夺取帝位。

作为和南梁对峙多年的超级大国，北魏这两年的日子很不好过。轰轰烈烈的北方六镇[①]大起义将富庶的关陇、河北地区变成了战火纷飞的修罗场。权臣尔朱荣又发动“河阴之变”，纵兵屠戮北魏宗室朝臣两千多人。

动荡之下，有不少北魏宗室南下投奔南梁，其中就包括北海王元颢。元颢以对梁称臣为代价，换取梁武帝支持他成为北魏皇帝。

梁武帝表示，支持当然要支持，关键是怎么支持。

萧衍虽然是皇帝，但南朝的世家大族占有大量的社会资源，就连军队都在某种程度上成了他们的“个人资产”。

如果北魏打过来了，南朝上下尚可以同仇敌忾，一致对外。但如果是出兵北伐，那大家就没那么积极了，谁也不想消耗自家的力量去给国家添砖加瓦。

此情此景，除了陈庆之，梁武帝也没别的人选了。

大通二年（528年）十月，萧衍封元颢为魏王，以陈庆之为假节、飙勇将军，率七千兵马护送元颢北归。

值得注意的是，陈庆之带领的这支部队非常特殊，主要由两部分人构成——要么是老乡，要么是流氓。

老乡很好理解，主要指陈庆之从家乡招募的亲族和同乡，这在当时是很常规的做法。

但“流氓”是什么情况？ 其实“流氓”这个词最开始并不完

---

① 北魏前期在都城平城以北边境设置的六个军镇，自西而东为沃野、怀朔、武川、抚冥、柔玄、怀荒六镇。

全是个贬义词，只是对一种客观状态的描述——无恒产者为“流”，无恒业者为“氓”。简单来说就是没资产没工作，四处流浪，吃了上顿没下顿的社会闲散人员。陈庆之的部队中，就有大量来自江淮或蜀地的流民，最大的特点就是体格壮，心肠狠，不怕死，只认钱，打起仗来是真的猛，日常管理起来也是真的烦。

这时就体现出陈庆之的优势了。

虽然他骑马射箭全都不精通，但是为人低调，个性谨慎，而且生活朴素，能和部下同甘共苦，把省下来的钱都拿出来给部下改善生活，以恩义笼络其心，以资财收买其身。所以史书中才用这样一句话来总结陈庆之的带兵效果：

> 善抚军士，能得其死力。

不问对错，不讲是非，多危险的事都愿意干，多找死的活都可以接，这样的人在古代叫“死士”，在现代应该叫“雇佣军”。

但就算陈庆之的队伍战斗意志再坚决，他们也只有七千人，难道对面的北魏军队是纸糊的吗？

巧了，还真是。

此时北魏的主力部队，一支由权臣尔朱荣带领，在河北镇压六镇起义，另一支则由尔朱荣的副手元天穆带领，在山东镇压流民起义，这样一下子就抽空了中原的守备力量。

大通二年（528年）十月，陈庆之护送元颢抵达了南兖州的铚城[①]，北魏孝庄帝元子攸派遣名臣崔孝芬赶赴徐州坐镇，阻击陈庆之北上。

---

① 今安徽淮北濉溪县临涣镇。

以往的南方政权北伐时，通常会选择优先攻占徐州这个战略要地和交通节点，以达成进可攻、退可守的战略优势。但陈庆之选择了反套路、反常规的操作。他竟然放弃攻打徐州，一路向西，直奔北魏都城洛阳而去了。

这是一次非常不合常理的军事冒险，相当于把自己的后背直接亮给敌人，一点后路都不留了。

但这就是陈庆之的战略，因为他知道完成此次任务的关键，就在于洛阳城这个关键地点。只要能凑齐元颢和洛阳城这两个前置条件，就能触发北魏皇位更迭的剧情，进而激活后续的各种可能。

所以能不能攻占徐州不重要，能不能占领沿途的地盘也不重要，只有洛阳城才是最重要的。

不过条件归条件，关键在表现。如果陈庆之不能迅速突破敌军防线，一旦北魏的主力部队回援，那就说什么都没用了。

接下来，就是见证奇迹的时刻。

中大通元年（529 年）四月，陈庆之带领元颢以及部众从铚县出发，一路向西北突进，攻克荥城，进抵睢阳[①]一带。

而对面的守将竟然还是老熟人——陈庆之第一次上战场时的手下败将丘大千。而且这一次丘大千还是老套路，他率七万大军，修筑了九座城垒，以此抵御陈庆之的攻势。

历史重演了。

陈庆之一天之内连破三座城垒。那一天，丘大千大概是回想起了一度被陈庆之支配的恐怖。于是他直接投降了。

下一个目标，考城[②]。

---

① 今河南商丘睢阳区。
② 今河南商丘民权县东北。

北魏济阴王元晖业率两万羽林军驻守于此，而且考城四面临水，守备坚固，易守难攻。

当然，陈庆之对“易守难攻”这四个字，显然有不太一样的理解。

陈庆之命部下在水面上修建浮动平台，采用两栖登陆作战的方式攻陷了考城，全歼城内守军，俘虏敌方主将，缴获大车近八千辆。

直到此刻，陈庆之的进军都很顺利，甚至有很多城市根本不用打就投降了。但在荥阳[①]城下，陈庆之却遭遇了入洛之路上的最大难关。

荥阳西望洛阳，南眺嵩山，北濒黄河，东接郑州，自古就有“两京襟带，三秦咽喉”之称。七百多年前的楚汉争霸中，无敌天下的霸王项羽拼尽全力也没能突破刘邦的荥阳防线，硬是没能西进一步。

如今的荥阳依然城防坚固，北魏左仆射杨昱等人率七万羽林军守城，陈庆之尝试攻城未果，而另一个可怕的消息也接踵而来。

此前出兵山东的元天穆军团正在回援的路上，一个包围圈已经隐隐形成。

前有坚城未破，后有追兵将至，面对这必死的局面，哪怕是陈庆之的“流氓军团”也绷不住了，所有人都陷入了绝望和恐慌之中。

这时，陈庆之突然解下马鞍，好整以暇地开始喂马。陈庆之一边抚摸着陪伴自己一路征战的战马，一边对手下的将士们说：

我们这一路走来，手上沾的鲜血可不少啊。对面的敌人全是

① 今河南郑州西。

咱的死敌，落到他们手里绝对比死还惨。唯一的活路就是趁敌人援兵没到，先打下荥阳，不然咱全都得死无葬身之地啊！

陈庆之的这段话，加上看似随意的“解鞍喂马”动作，把手下人的情绪拿捏到了极致。于是梁军在绝境中重新爆发了战斗力。

陈庆之亲自擂鼓助威，一鼓敲罢，梁军先锋已经成功登上了荥阳城头，饿虎扑食般杀入城中。而荥阳城中的守军一直自以为胜券在握，对梁军的凶猛来袭毫无心理准备。

南梁中大通元年五月二十二日（529 年 6 月 14 日），陈庆之攻占荥阳。

随后，他又率领愈战愈勇的三千骑兵，背城而战，向赶来增援的元天穆军团发起了反冲锋。

俗话说得好：“强的怕横的，横的怕不要命的。”冷兵器时代的军队士气是决胜的关键。陈庆之以三千人打三十万人[①]，最终的结果竟是“大破之”。

陈庆之上演的这一幕惊天大逆转震惊了所有人，守卫虎牢关的北魏右仆射尔朱世隆不战而逃，北魏孝庄帝元子攸也只能逃往并州。

洛阳，近在眼前！

这座曾经的汉晋旧都，上次见到南朝北伐军的军旗，还是一百多年前，那个“元嘉草草”的宋文帝时代。

陈庆之是南朝最后一个北伐至洛阳的将军。

从铚县攻至洛阳，陈庆之以七千之众，孤军深入，转战千里，

① 该数目有争议。有观点认为此时北魏在河南兵力不足，三十万可能是史书的夸大之词。

大小四十七战，攻城三十二座，所向披靡，创造了一个近乎玄幻的军事奇迹。以至于后世对他的战绩是否存在水分一直有争议。

但陈庆之的战绩再辉煌，也留不下战果，战功再显赫，也改变不了战局——因为他这次北伐的目的不是光复曾经的汉家旧地，而是扶立一个新的北魏皇帝。

对中原百姓来说，他不是来解救他们的，无非是让他们换个主子罢了。而北方士族的反应就更激烈了，他们根本就不承认南梁北伐的正当性。

元颢入主洛阳后就以大魏皇帝自居，不但纵情享乐，胡搞瞎弄，更是早就把什么臣服南梁的承诺丢到了脑后。元颢可以忘，陈庆之可不敢忘。北魏尔朱荣的主力部队随时可能南下，自己仅有的不足一万的“流氓军团”也越来越躁动难控，动不动就扰民闹事。巨大的胜利背后隐藏着更加巨大的危机，必须做点什么了。

于是陈庆之劝元颢，赶紧向南梁申请援军。

元颢当面答应得挺痛快，但他和自己的心腹一商量，连陈庆之这几千人都未必按得住，要是再弄来几万南梁军，这洛阳就不一定是谁说了算了。

所以元颢转头就给梁武帝写了封信，表示河北、河南都搞定啦！剩下的尔朱荣，陈庆之自己就能解决，陛下就不用再派兵北上啦！

对于这种过河拆桥的行径，陈庆之的副官马佛念很是不平，他提议不如趁着这千载难逢的机会，干掉元颢，自立门户。

马佛念路子野，但陈庆之却做不到。因为他今天的一切都是梁武帝给的，他早已立志要用一生来报答这份知遇之恩，怎么可能选择背叛呢。

但接下来的路，也很难走啊。

之前元颢曾册封陈庆之为徐州刺史，于是陈庆之索性就申请离开洛阳，去徐州上任。

当然，去徐州是假，离开洛阳这个是非之地才是真。

但元颢却拒绝了他的请求：你的任务还没完成呢，当初陛下（梁武帝）是把洛阳和我本人都托付给你了，现在你却说要走，回头怎么跟陛下交代？

梁武帝是陈庆之最大的软肋。

没办法，他只能留在洛阳，继续收拾这个烂摊子了。

此时尔朱荣的主力部队南下，陈庆之带着不到一万人，驻守黄河北岸的北中城，元颢则缩在南岸。

陈庆之在三天内与尔朱荣大战十一场，杀伤敌军无数。尔朱荣正面攻打陈庆之不成，想找内应偷袭元颢又失败，于是干脆来了个“一力降十会”，依靠绝对兵力优势，发动大军制造木筏，沿着数百里的黄河同时渡河。这一次终于成功击败了元颢的部队，元颢也在仓皇出逃的过程中被杀。

于是，在打进洛阳五十四天后，陈庆之就不得不研究怎么离开了。

他在尔朱荣大军的追击下且战且退，但因意外遭遇洪水，几乎全军覆没。他本人被救起后化装成和尚，这才辗转回到了南梁。

有为的陈庆之，遇上了无为的梁武帝。

入洛，一场近乎神迹的北伐，从偶然的成功，最终归于必然的失败。

但这并不妨碍陈庆之成为名将。由于他和手下都穿着一身白袍，所以当年的洛阳城里，才会传唱起这样一句童谣：

名师大将莫自牢，千兵万马避白袍。

颜真卿

◎ 字如其人的大唐良心

唐玄宗天宝十三载[①]（754 年），河北平原郡[②]的东方朔故里迎来了一批身份尊贵的游客。殿中侍御史、河北采访使、东平王判官平洌奉命前来视察。平原太守颜真卿发动群众上下齐动员，欢迎检查团，好吃好喝好招待不说，他还亲自当导游带着平冽一行人游览了东方朔庙，并当场写下《东方朔画赞碑》，为此次欢迎活动画上了一个圆满的句号。

颜真卿是书法大家，其楷书因雍容大度、圆润遒劲而被称为“颜体”。但平冽的关注点，显然不在书法艺术上。他故作不经意地问道：我听说颜太守平日里整天呼朋唤友，游船饮酒，正事不干，啥事不管，怎么这平原郡的城墙，修得还挺牢固呢?

颜真卿：哎呀，都是百姓自发修建的，这不是怕发大水把城墙冲垮了嘛。

---

① 《尔雅》：夏曰岁，商曰祀，周曰年，唐虞曰载。唐玄宗自认为开创盛世，于天宝三年改“年”为“载”。

② 今山东德州一带。

平冽又问：那这护城河，河面宽阔，水流通畅，又是咋回事？

颜真卿：哎呀，都是百姓自愿拓宽的，这不是怕发大水排不出去嘛。

平冽再问：那这平原郡的壮丁都集中起来，是要干啥啊？

颜真卿：哎呀，都是百姓自动组织的，这不是怕发大水没人手来抗洪嘛。

平冽最后问：那这平原郡城里储存这么多粮食，是……得了，我替你回答吧，是百姓自觉储备的，怕发大水没东西吃呗？

颜真卿：然也，真是什么都瞒不过您哪！

平冽：……

虽然这段对话有点无厘头，但平冽抬头看看阴雨连绵的天气，又看了看满脸醉态的颜真卿，反而露出了满意的笑容，然后开心地回去复命了。

不对劲，这很不对劲。

一个来检查工作的上级，为何会对明显不称职的下级毫无批评之意，反而还有点欣赏鼓励？

因为平冽背后的大老板叫安禄山，此时正在准备造反，最怕的就是忠于大唐的下属有所防范，所以才派人来“反向检查工作”。

送走了安禄山的眼线后，颜真卿脸上的醉态一扫而光。他回到书房提笔写下一封密信，然后交给了侄子颜季明。

收信人是颜季明的父亲，也就是颜真卿的从兄颜杲卿。信的内容也很简单，概括起来就一句话——安禄山必反！

此时颜杲卿代理常山太守，和颜真卿所在的平原郡地处河北腹心，又与拱卫关中的河东毗邻，正挡在安禄山老巢范阳和大唐两京——长安、洛阳的中间，战略位置十分重要。

一旦安禄山举兵南下，常山和平原就会成为兵家必争之地，只有早做准备，互为犄角，才有机会挽救大唐！

一提起颜真卿，很多人第一反应就是大书法家，但他还有另一个身份——对抗安禄山的一线主力。

颜真卿，字清臣，出自琅琊颜氏，先祖是“复圣”颜回。

颜真卿四岁丧父，家境清贫，但一直立志向学。他买不起纸笔，就把黄土撒在墙上，然后以指代笔，以沙为墨，读书认字，练习书法。

相信很多调皮的孩子都有过类似的经历——用手指在落满灰尘的窗户或汽车上涂鸦、写字——只不过今天的我们是为了好玩，而当年的颜真卿是因为好学。

开元二十二年（734 年）二月，颜真卿中进士甲科，两年后经吏部诠选，任校书郎，累迁醴泉县尉、长安县尉、临川内史、监察御史等职务。

在古人的观念中，字品即是人品，这一点在颜真卿身上得到了完美的印证。史称他“有词藻，尤工书”，且为人刚正，极有原则。

天宝八载（749 年），颜真卿因坚守原则，不肯依附权相杨国忠，三年内两升两降，被杨国忠越踢越远，直到天宝十二载（753 年）出任平原太守。

平原郡属平卢、范阳、河东三镇节度使安禄山的管辖范围[①]。当时安禄山意图谋反在河北已经算是半公开的秘密了，但皇帝唐玄宗却说什么也不信。

别看颜真卿在后世名声不小，可是对唐玄宗来说，却是个连

---

① 安禄山兼任河北采访使，平原郡属河北，正在安禄山管辖范围内。

脸熟都算不上的纯路人。颜真卿自知人微言轻，哪怕公开举报安禄山谋反也没用，反而会暴露，白白赔上自己。值得安慰的是，他的从兄颜杲卿在常山郡当代理太守，使他不至于陷入孤军奋战的局面。所以他通过侄子颜季明与从兄商量对策，未雨绸缪。

大唐天宝十四载（755 年）十一月，安史之乱爆发，安禄山起兵南下，一时间河北二十四郡几乎望风而降——当然，除了颜真卿的平原郡。

当时平原郡有三千兵马，颜真卿又招募了一万人，并在平原城西门举行盛大的动员会。颜真卿对着众人慷慨陈词，说到激动处不禁泪流满面，放声大哭。全军将士都被颜真卿炽热的爱国之心所感动，纷纷表示愿意和颜太守一起平叛戡乱。

此时安禄山已经攻陷洛阳，并残忍杀害了东都留守李憕、留台御史中丞卢奕等人。他听说河北老家后院起火，忙派手下段子光拿着李憕等人的脑袋到河北巡回展览，以此来瓦解河北义军的士气。

当段子光耀武扬威地带着人头来到平原郡时，颜真卿敏锐地察觉到了手下眼神中的动摇。就在气氛低沉到极致时，颜真卿突然说：李憕是我多年的老朋友，他长啥样我能不知道，这人头根本就不是他的！姓段的，你竟然诈骗到我这儿来了。来人啊，把他给我砍了！

手下一拥而上，把段子光当场腰斩。

而当大家群情激奋时，颜真卿却悄悄地把那几颗人头小心地收藏起来。

对不住啦，诸位，只能暂时委屈你们啦！

过了一段时间后，见军心已经稳定，颜真卿这才找人用草编成人身体的形状，然后和人头拼在一起，勉强凑个全尸后埋葬。颜真卿也郑重其事地为他们设灵位并哭祭。

此时颜杲卿也在常山诛杀了叛军将领，切断了叛军的归路。河北十七郡同一天宣布归顺朝廷，并推举颜真卿为盟主，朝廷也封颜真卿为河北招讨采访使，负责接应从朔方赶来的名将郭子仪和李光弼。

为了供应军费，颜真卿在河北改革盐法，深刻影响了中晚唐的盐业政策。

为了团结友军，他主动将自己的战功让给嫉贤妒能的同事。

为了表明态度，他把自己年仅十岁的儿子跨海送到渔阳去当人质。

但可惜，他还是高估了有些人的底线。

颜杲卿在常山俘虏了不少叛军将领，就把这些人押送到京师去示众。没想到却被太原尹王承业给截和了——他偷换了颜杲卿的奏章，以自己的名义给皇帝献俘，并因此受到了唐玄宗的嘉奖。

如果说公开抢功只能算臭不要脸的话，那见死不救就完全是无耻之尤了。

天宝十五载（756 年）正月，安禄山派史思明率军围攻常山郡。面对颜杲卿的求援，王承业竟然选择了敌不动，我不动；敌动了，我还不动。

因为只有颜杲卿死了，他才不必担心被人揭穿谎言。

苦战数天后，常山城破，颜杲卿、颜季明等人被俘。誓死不降的颜季明被斩首，颜杲卿被安禄山绑在洛阳天津桥的柱子上千刀万剐，血肉被叛军分食。他的小儿子颜诞、侄子颜诩等人也被残忍地砍去四肢，最后全部遇害。

噩耗传来，颜真卿连为亲人哀悼的时间都没有。因为常山失守后，叛军长驱直入，邺县、广平郡、巨鹿郡、赵郡等地再次沦陷。他只能苦苦支持，努力维持河北的局势不至于崩盘。

颜真卿虽然在河北打得很艰苦，但比他更困难的反而是安禄山。

安禄山虽然闪击中原成功，但他向西进攻潼关不成，向江淮财税之地的进军也陷入迟滞，现在河北老家不只有颜真卿这个“钉子户”，郭子仪、李光弼率领的朔方军团也正在步步逼近。

前进无望，后路已断，四面碰壁，六神无主的安禄山都开始后悔自己造的这个反了，还是在手下人好一顿加油打气加心理安抚之下，才勉强恢复了斗志。

颜真卿欣慰地发现，留给安禄山的时间不多了。只要稳住现有的局势，等到精锐的边防军团回援中原，或者郭子仪、李光弼拿下范阳，那等待安禄山的就只有死路一条了。

当然，看到胜利希望的并不只有颜真卿一个。执掌朝政的宰相杨国忠也看到了，只可惜，他的期待和颜真卿完全相反。

因为他和守卫潼关的哥舒翰是政敌，生怕哥舒翰打了胜仗后会对自己不利。于是他毁国为己，怂恿唐玄宗逼哥舒翰出关决战，目的就是借刀杀人，干掉哥舒翰。

哪怕，代价是整个大唐。

天宝十五载（756 年）六月，哥舒翰被迫出关决战，结果全军覆没，潼关失守，唐玄宗匆忙逃离长安。安禄山绝处逢生，但大唐盛世却被彻底宣告了死刑。接下来就是马嵬兵变，贵妃殒命，太子李亨在朔方军的支持下于灵武[①]称帝，史称唐肃宗。

大好局面，毁于一旦。

李光弼、郭子仪只能停下脚步，撤出河北。颜真卿坚守不下去了，为了保存有生力量，他也只能选择投奔唐肃宗，被授予刑部尚书的职位。

---

① 今宁夏灵武。

颜真卿本以为到了这一步，所有人应该能齐心协力了吧。

可惜，依然不行。

当时“太上皇”唐玄宗和唐肃宗父子并立，新旧臣僚阵营对立，互相牵制，彼此扯皮，根本没法一致对外。平叛战争再次被拖入泥潭。

在经历了七年的惨烈内战之后，唐军终于扭转了不利的战局，收复了长安和洛阳，颜真卿也总算又一次看到了胜利的曙光。

此时他才终于有机会寻找遇害兄弟子侄们的遗体，但最终颜真卿只寻找到了缺失一条腿的颜杲卿遗骨，以及只剩下一颗头颅的侄子颜季明。

那个眼里有光的少年，已经化为一颗眼眶空洞、血肉无存的骷髅头，连个全尸都凑不齐。

颜真卿只能将侄儿残缺的尸身草草安葬，在悲恸中挥泪写下了《祭侄赠赞善大夫季明文》，这就是被后世称为“天下第二行书”的《祭侄文稿》①。

《祭侄文稿》全文一共20行，234个字，却有十多处涂抹、修改。乍一看似乎很潦草，但在真正懂书法艺术的人眼里，这份文稿恰恰就是颜真卿书法艺术水平的至高体现。他将笔墨线条与个人情感高度统一，达到了无意于书，气贯天成的神品不朽之境。

战乱中，“颜氏一门死于刀锯者三十余人”，长歌当哭，血泪俱下，斯人已逝，英雄破碎。

杲卿吾兄，季明吾侄，一路走好。我暂寄人间，必不会有辱颜氏子孙之名。

---

① 现藏于台北故宫博物院。

颜真卿想得挺好，但可惜他的刚正不阿，坚守原则，不过是君王眼中用来装点门面的摆设。他的官位越做越大，但在中央待的时间却越来越少，说的话也越来越没人听。

玄宗朝时，他因拒绝党附权相杨国忠，被贬。

肃宗朝时，他因坚持原则得罪权阉李辅国，又被贬。

代宗朝时，他因反对宰相元载堵塞言路，持续被贬。

德宗朝时，他因直言不讳得罪宰相杨炎，依然被贬。

一句话总结就是——颜真卿有魏徵之直，可惜大唐却已非贞观之时。

当时大唐的政治环境，已经恶劣到不适合正常人类生存的地步，但年过七旬的颜真卿却依然战斗在对抗黑暗的第一线。屡遭贬迁的他并不以个人荣辱为念，反而告诫子孙：

> 政可守不可不守……虽贬居远方，终身不耻。
> 绪汝等当须谓吾之志，不可不守也。

建中二年（781 年），又一位臭名昭著的奸相卢杞上台了。

这是一个把“丑人多作怪”演绎到淋漓尽致的小人，就连为大唐立下汗马功劳的一代名将，被封为汝阳王，尊称为尚父的郭子仪都不敢得罪他。颜真卿却依然直言敢谏。

于是卢杞四处打听，看把颜真卿贬到哪个地方合适。颜真卿虽然被贬习惯了，但对于卢杞他却有话说。因为当年那个被他编草为身、亲自安葬的留台御史中丞卢奕，正是卢杞的亲爹。

于是颜真卿就找到卢杞问道：当年你爹的头颅送到平原郡，满脸都是血污，我不忍心用衣服擦拭，是用自己的舌头给舔干净后装殓埋葬的。就这你也好意思整我？

帮人安葬至亲，在古代可是天大的恩德，这也是颜真卿气不过的地方，要不然他之前被贬了那么多次，也没见他向谁求过情。

碍于面子，卢杞只能假意跪下认错，但心里却对颜真卿恨之入骨。

一般人的脑回路：您对我爹有恩，我必须报答您！

卢杞的脑回路：你敢拿我爹压我，我必须暴打你！

建中四年（783 年），叛乱的淮西节度使李希烈攻陷汝州，这可是让卢杞逮到机会了。他立刻跟唐德宗说，李希烈这事，得派一个德高望重的老臣去劝劝他啊，我看颜真卿正合适！

这摆明了是要把颜真卿送入虎口，以达到借刀杀人的目的。但糊涂的唐德宗竟然同意了。消息一出，满朝大惊，有人劝皇帝收回命令，也有人私下劝颜真卿干脆撂挑子不干。

但颜真卿却掷地有声地回道：

君命可避乎？

注意，这是反问，不是疑问。因为颜真卿心中早有答案。

明知必死，颜真卿还是选择启程。见到李希烈后，李希烈故意让自己的部下和养子等一千多人，拿着明晃晃的尖刀利刃，围着颜真卿又是谩骂，又是威胁。

颜真卿对此不为所动。当年安禄山都没吓住他，就这群精神小伙又有啥可怕的。

李希烈派叛将李元平去劝降颜真卿。颜真卿表示，我要是带着兵来，第一个剐的就是你，还跟我这费啥话啊！

李希烈把朱滔、王武俊、田悦、李纳等叛乱藩镇的使者都叫来，让他们劝颜真卿支持李希烈当皇帝。

颜真卿一指自己，说颜杲卿知道吗？那是我哥！他被千刀万剐都没投降，你们觉得我比他差在哪儿啊！

李希烈把颜真卿绑起来，推到院子里挖好的大坑前面说要活埋他。颜真卿说，还是砍头吧，那个快，省得你费劲。

李希烈派人点燃干柴堆，威胁颜真卿不投降就烧死他。颜真卿反而往火堆里蹦，吓得周围人赶紧把他拉住。

在被俘的几年里，这就是颜真卿和李希烈的日常。

他早就抱定必死之心，已经提前把遗书、墓志铭和祭文都写好了，把停尸房也找好了，就等着杀身成仁的那一天了。

随着唐军攻势的加强，穷途末路的李希烈终于陷入了最后的疯狂，将扣押了三年之久的颜真卿残忍杀害。

颜真卿死节后不久，李希烈被杀，淮西之叛也被平定。

颜真卿一生为官四十余年，六遭贬迁，却始终不改忠贞耿直的本色，最终用自己的生命捍卫了颜氏家族的人生信条：

> 诚臣徇主而弃亲，孝子安家而忘国，各有行也。[①]

字如其人，颜氏一门，不为孝子，即为忠臣。

---

① 《颜氏家训》。

张议潮

◎ 走啊，我带你们回家

唐宣宗大中五年（851 年），整个长安城都因为一个从西方归来的僧人而沸腾了。

别误会，这说的不是从西天取经归来的唐僧，而是一个叫悟真的和尚。

悟真不仅得到了皇帝唐宣宗的亲自召见，被授予“沙州释门义学都法师”“京城临坛大德”的称号，皇帝还下诏特许他巡礼京城左右街的诸多佛教寺院，与各位高僧大德研讨佛法，赠诗唱答：

沙漠关河路几程，师能献土远输诚。
因兹却笑宾熬旅，史籍徒章贡赋名[1]。

一般的和尚都是来传播佛法的，但悟真却是来“献土输诚”的，

---

① 《七言美瓜沙僧献款诗二首 · 其一》。

他奉沙州刺史张议潮[①]的委派，带来了一个让所有人都惊喜万分的消息——沙州，光复了！河陇[②]故地，回归了[③]！

好吧，也并不是所有人。因为有些年轻的后生，压根儿就不知道沙州在哪儿，甚至活了几十年都没听过这个词。

只能说，这很正常。因为沙州已经沦陷敌手超过六十年了，比很多人的岁数都大。这座极西之地的边城还有另一个家喻户晓的名字——敦煌。

“敦者，大也；煌者，盛也。”

东汉学者应劭是如此解释敦煌一词的含义。

在唐代，沙州属陇右道，位于河西走廊的最西端。通往西域的丝绸之路通常分北、中、南三条路线，但无论哪条路线都以沙州为总出发点。而且这里有祁连山雪山融水的灌溉，水草肥美，农牧业发达，商路繁忙，贸易兴盛。

盛唐的长安安远门外曾立有一座土堡，上书：“去安西九千九百里。”

恐怕任何一个走出安远门的唐人，都会产生一种奇妙的感觉——这是个人的一小步，却是大唐开疆拓土的一大步。

然而这一切，都随着安史之乱的爆发而改变了。

从乾元元年（758年）至大历十一年（776年），鄯州、凉州、

---

① 《资治通鉴》等作“义潮”，敦煌石室发现的文卷为“议潮”。

② 河陇，也称河湟，本指黄河与湟水合流处。在安史之乱后专指被吐蕃侵占的河西、陇右地区。今甘肃陇山以西至新疆乌鲁木齐以东地区。

③ 有观点认为悟真是首批使团成员，见齐陈俊、寒沁《河西都僧统唐悟真作品和见载文献系年》，冯培红《归义军时期敦煌与周边地区之间的僧侣使交往》；有观点认为他并非首批使团，见杨宝玉《大中二年张议潮首次遣使入奏活动再议》。本书采信前者。

兰州、瓜州等地相继被吐蕃侵占，河西和关中的联系被彻底切断，已成了隔绝在外的飞地。

建中二年（781 年），孤军坚守十一年的沙州最终陷落。此时大唐别说什么万里安西了，连长安以西都管不了，堂堂一国都城俨然成了战争前线。

历经肃、代、德、顺、宪、穆、敬、文、武九朝帝王，超过半个多世纪的时间内，大唐对于收复河陇这件事有心无力，力不从心，甚至干脆就没那个闲心。

大唐是指望不上了，但有一个沙州人却还没放弃希望。

他就是张议潮。

唐德宗贞元十五年（799 年），张议潮出生于沙州神沙乡[①]。张家是沙州当地的汉人豪族，其父张谦逸曾任吐蕃部落使[②]，后被吐蕃政权任命为敦煌郡大都督，是统领当地汉人的最高长官，其母安氏则出自敦煌当地的粟特大族。

张议潮出生的时候，沙州已经沦陷近二十年了。张议潮自幼生活在吐蕃人的统治下，还曾和父亲一起去吐蕃都城逻些[③]朝觐过吐蕃赞普。当时的张氏父子辫发左衽，穿着皮毛一体的衣服，俨然一副吐蕃人打扮。

因为河陇之地的唐人平时都只能穿着胡服，只有在过年祭祖等重要时刻，才会偷偷把压箱底的华夏衣冠拿出来穿上，仪式结束之后再哭着把衣服重新藏好。

牧羊驱马虽戎服，白发丹心尽汉臣。

---

① 据张议潮同胞姊张媚媚推理而得，见《敦煌诸尼寺比丘尼籍》。
② 吐蕃官名。见《张谦逸上部落使送经纸墨笔状》。
③ 今西藏拉萨。

在河陇全面陷落的过程中，沙州是大唐河西节度使最后的驻地，是不愿臣服吐蕃的唐朝军民最后的避难所，所以才能在归路断绝、孤立无援的情况下依然苦苦坚守十一年。虽然沙州最后因弹尽粮绝而投降，但也获得了一个特殊优待——吐蕃承诺不会将沙州居民打散迁徙到别处，所以沙州的“含唐量”是最高的，沙州人对唐朝的向心力和认同感也是最强的。

张议潮虽然从未见过盛世大唐，但他看过长辈身穿华服祭祖时的哀恸，也读过乡亲那字字泣血的诗文，更听过那只存在于老一辈人记忆中口口相传的故事。他年轻时最崇拜的就是安西名将封常清，还曾亲笔抄写过《封常清谢死表闻》。

如果名将不死，盛世得存，现在的我，应该还是个唐人啊。

唐宪宗元和十年（815年），十七岁的张议潮手抄了一首《无名歌》，以此表达自己内心的烦闷与不满：

> 去去如同不系舟，随波逐水泛长流。
> 漂泊已经千里外，谁人不带两乡愁？
> ……

我人在万里之外，到过异国王庭，何日能回到故国，一解乡愁？

张议潮暗下决心，誓要带领沙州回归大唐。他在沙州论兵讲剑，蕴习武经，既练单兵格斗，又学兵团指挥，为以后上战场做准备。

而机会，也总是留给有准备的人。

唐武宗会昌年间，吐蕃境内灾荒连年，国力衰退，各派系为争夺最高统治权大打出手。尤其是洛门川讨击使尚恐热与鄯州节度使尚婢婢之间爆发了数次激烈战斗，给河西百姓造成了严重伤害。

史称“五千里间，赤地殆尽”。

于是张议潮暗中筹划，以“归国还家”为号召，成功组建了一个多元一体、超越世俗的反吐蕃统一战线。具体成员包括以张议潮为代表的沙州唐人家族；以沙州副都督安景旻为首的昭武九姓粟特人；以沙州副千户长阎英达为领导的退浑、通颊[①]等部落的百姓；甚至占沙州人口相当大比例的僧尼群体也参加了起义，带头人就是深受吐蕃高层器重的“知释门都法律兼摄行教授”洪辩及其弟子悟真。

唐宣宗大中二年（848 年）春，某日。

沙州城门口的吐蕃守军正像往常一样，该巡逻巡逻，该站岗站岗。

突然，一阵嘈杂声由远及近，张议潮带着全副武装的队伍向城门发起了攻击，城内的唐人也群起响应，眼看越来越多的人加入起义的队伍中，沙州的吐蕃驻军只能仓皇撤退。

驱逐了吐蕃人之后，张议潮第一时间“解胡服，袭冠带”——脱掉异族胡服，着我华夏冠裳，并与城中百姓在天地神佛前立下毒誓，永生永世不为吐蕃之奴！

而不甘心失败的吐蕃人又从周围调集兵力对沙州展开了围攻。但刚刚才品尝到自由滋味的沙州人，又怎么可能甘心再为奴。他们在张议潮的带领下出城迎战。这支队伍也许口音各异，模样不同，衣着驳杂，僧俗参差，但他们都有一个共同的目标——绝不为奴！沙州当归！

从高空向下望去，只见唐人的幞头，粟特人的胡帽，退浑、

---

① 退浑，既吐谷浑；通颊，藏语音译，是吐蕃在甘、青藏区的一种行政军事建置。

通颊人的发辫，还有高僧们的光头，汇聚成一波多样性拉满的滔天巨浪，瞬间就吞没了城外的吐蕃军。张议潮带领沙州军民连战连捷，不但在沙州站稳了脚跟，还顺势夺取了临近的瓜州[①]。

眼前的胜利固然值得庆祝，但对四面皆敌的张议潮来说，这一切只是刚刚开始。所以他第一时间派出使节，把胜利的消息报告给大唐。

此时沙州以东，仍然是大片的敌占区，为了突破吐蕃人的封锁，张议潮派出十队使节[②]，乔装改扮，化装潜行，把给皇帝的文件卷起来藏在木棍里，然后绕道东北方向，穿越茫茫沙漠，去寻找最近的大唐州县。这哪是一时半会儿就能联系上的啊。

为今之计，是先保存自己。所以张议潮兵行险着，把夺取沙州的消息主动通报给吐蕃高层，把自己伪装成一个依然忠于吐蕃，只是想要割据一方的军阀。

他这一招还真赌对了。张议潮被吐蕃任命为瓜州节度使，暂时不必担心被群起攻之了。

而仍然在打内战的尚恐热和尚婢婢这对活宝也纷纷送上助攻——尚恐热在河西为非作歹，让吐蕃丢尽人心，尚婢婢则公开号召尚恐热控制区里的唐人后裔投奔唐朝去。

这种为了挖敌人墙角、不惜撅断自家承重墙的行为，让张议潮都有点被感动——因为大唐太远，沙州却很近。于是河西的唐人纷纷归附张议潮麾下，他趁此机会率领蕃汉兵马收复甘[③]、肃[④]二

---

① 今甘肃安西东南。
② 有争议。另有说法为一队十人。
③ 今甘肃张掖。
④ 今甘肃酒泉。

州，又向大唐所在的方向推进了一步。同时他又西征伊[①]、西[②]二州，将势力逐渐深入西域。

当张议潮在万里之外苦苦打拼时，大唐也终于收到了他的消息。

大中四年（850 年），天德军[③]防御使李丕报告说由沙州军校高进达、高僧悟真等人组成的使团，带来了张议潮光复沙州的劲爆消息。这让立志复兴的唐宣宗惊喜不已，再加上他本人对佛教也很有好感，这才有了前面说的对悟真的高规格接待。

大中五年（851 年）八月，张议潮派遣的最高规格使团抵达长安——其兄张议谭带着天宝年间陇右十一州的旧地图入朝。

虽然当时张议潮并没有真的实控十一州，但在古代，献地图加送人质就是地方藩镇对中央宣誓效忠的标准程序。同年，唐宣宗授予张议潮归义军节度使、十一州观察使等职。

由杜牧亲笔撰写的《沙州专使押衙吴安正二十九人授官制》中是这么称赞他的：

> 尔帅议潮，果能抗忠臣之丹心，折昆夷之长角。窦融西河之故事，见于盛时；李陵教射之奇兵，无非义旅。

收复河湟，是杜牧平生最重要的志向之一。所以他在制书里浓墨重彩地将张议潮比作李陵和窦融。唐宣宗也把收复河湟当成在位时最值得夸耀的成就，甚至在遗诏中都不忘提上一嘴——“克

① 今新疆哈密。
② 今新疆吐鲁番东南。
③ 今内蒙古乌拉特前旗。

复河湟，拓疆三千里外；告成宗庙，雪耻二百年间。”

可惜，这纯属半场开香槟。

就连《新唐书》也承认，当时的唐朝中央根本无力给张议潮提供什么实质性的支持，不勤一卒，不血一刃，不远征兵，不劳财力，就收获了这么大的一个惊喜。

但万事万物总要讲一个能量守恒。如果朝廷没付出，那是谁在勤卒血刃，又是谁在远征劳财呢？

当然是想带着所有人一起回家的张议潮啊。

在河西的每一天，张议潮脑子里基本上只想两件事：一曰耕，一曰战。他在河西一方面恢复唐制，一方面部分继承吐蕃原有的制度，让河西各族人民、僧俗百姓和谐共处，可以齐心协力，一起种地。

张议潮整顿户口，鼓励开荒，兴修水利，为每一条引水灌溉的沟渠设置“渠头”“升门”等专职的水利管理人员，这些措施让河西重现了五谷丰登的景象。

除了兜里有粮，还得手里有枪，否则就只能当待宰的羔羊。张议潮控制的归义军周围除了有吐蕃的残余势力之外，东边的党项，北边的回鹘，西南的吐谷浑残部，全都对富庶的归义军垂涎三尺。

大中十年（856 年），一支吐谷浑部落想来沙州抢一票。张议潮得到消息后主动出击，一战而胜后追击一千多里，当场活捉吐谷浑宰相三人，俘虏三百多人，缴获驼马牛羊二千头（匹）。大获全胜后张议潮把俘虏的三个吐谷浑宰相当场斩首，然后才率领全军，高唱军歌《大阵乐》而归。

《大阵乐》是汉朝军歌，曲调悲壮雄浑，可惜今已失传。倒是北宋沈括曾在汉唐军歌的基础上，结合北宋的时代特色，制作过数十首“凯歌”，其中有一首唱道：

天威卷地过黄河，万里羌人尽汉歌。
莫堰横山倒流水，从教西去作恩波！

虽然这只是北宋时期创作的高仿版，但也可以从中窥见一丝汉唐军歌的雄浑气魄。在《大阵乐》这种汉唐开疆专用 BGM 的加持下，张议潮又亲率兵马，大败骚扰伊州的回鹘、吐蕃残部，保证了商路的安全。

正是因为张议潮“朝朝秣马，日日练兵，以备凶顽，不曾暂暇”，这才保证了河西的稳定。

但是他收获的，仅仅是一个归义军节度使的空头支票，甚至就连这个虚衔还是打了折扣之后的产物。

因为“归义”一词，在传统华夏的政治语境中多用来赏赐心慕中华而主动归化的少数民族，简单来说就是古代的精神中国人。

“归义军”，从某种意义上来说是对所有心向故国之人的侮辱。我们明明就是唐人，怎么成了外人了？所以归义军内部也一直以“河西节度使”自称。

也许，拿下吐蕃占据的凉州[①]后，事情就会不一样了吧。

凉州是唐前期凉州都督府及河西节度使所在地，自古以来就是河西首府，也是沟通关中、控制西北的关键节点。也许拿下了凉州，河西才能成为真正的河西吧。

---

① 今甘肃武威。

大中十二年（858 年）八月，张议潮命其侄张淮深率蕃、汉兵七千人东征凉州。

为了拿下凉州，张议潮倾尽全力，进行了最广泛的战争动员，连河西的僧人们也再次带着兵刃参战了。

这是最后的斗争，拿下凉州城，前面就是家！

汉家持刃如霜雪，虏骑天宽无处逃。
头中锋矢陪垅土，血溅戎尸透战袄[①]。

唐懿宗咸通二年（861 年），归义军经过三年苦战，成功收复凉州，使分割百年的河西关陇再次连成一片——“西尽伊吾，东接灵武，得地四千余里，户口百万之家，六郡山河，宛然而旧。”

当张议潮收复凉州的捷报送抵长安时，诗人薛逢激动地写下了一首《凉州词》：

昨夜蕃兵报国仇，沙州都护破凉州。
黄河九曲今归汉，塞外纵横战血流。

然后，让人不知道该哭还是该笑的一幕出现了。

张议潮申请经营凉州的报告被朝廷驳回，唐朝一面修筑凉州城，一面调郓州天平军两千五百人前往戍守。咸通四年（863 年），唐朝设凉州节度使，领凉、洮、西、鄯、河、临六州，将原本的

① 《张议潮变文》。

河西节度使人为拆分为归义军和凉州两块。

张议潮能怎么办呢。就算为了河西百姓，他也不能撂挑子啊。

咸通七年（866 年）二月，张议潮令回鹘首领仆固俊克复西州、北庭、轮台、清镇等城。同年十月，当初把河西祸害够呛的尚恐热被抓住了，这个恶贯满盈的刽子手被砍断双腿，活活疼死，然后砍掉脑袋送去长安当展品了。自此吐蕃日渐衰亡，大唐再也没有后顾之忧了。

可以说张议潮在西边已经做到了极致，但长安的大唐朝廷却依然拉胯。唐朝中央既不给张议潮控制凉州的名义，自身又没有真正控制凉州的实力，最终导致刚回归没几年的凉州又被吐蕃奴兵组成的嗢末部给控制了。

张议潮打报告说要再次出兵凉州，但依然被朝廷以各种理由给打回来了。因为嗢末部中包括大量的唐朝将士子孙及党项、吐谷浑、苏毗等部族成员，而且之前已经向唐朝宣誓效忠。

所以在唐朝中央看来，归义军和嗢末部都是胡汉混搭的“归化者”，反正没区别，干脆留着相互制衡也挺好。

为了调解张议潮和嗢末部在凉州的冲突，唐朝派太府少卿李行素出使河西斡旋。我们不知道李行素具体是怎么当这个调解员的，但他的确成功说服张议潮放弃了凉州，甚至连归义军都给放弃了。

一直说要回家，这次他也真的该回家看看啦。

咸通八年（867 年），六十九岁的张议潮离开归义军，接替死去的兄长张议谭，前往长安为质。张议潮入朝后，被授为右神武统军[①]，加官为司徒，并遥领河西节度使。

---

① 一作左神武统军。

身在长安为人质，遥领河西节度使。这可真是太黑色幽默了。

咸通十三年（872 年）八月，张议潮在长安溘然长逝，享年七十四岁。获赠太保。

但不管怎么说，他还是践行了自己年少时立下的誓言，带河西百姓回了家。

范仲淹

◎ 一生先忧，何曾先乐

北宋大中祥符七年（1014 年），在应天府[1]上学的朱说结束了一天的课业，回到宿舍就开始挑灯夜战，全力备考明年的进士科考试。

读书之余，偶尔也要换换脑子，于是朱说赋诗一首[2]：

白云无赖帝乡遥，汉苑谁人奏洞箫。
多难未应歌凤鸟，薄才犹可赋鷦鷯。
瓢思颜子心还乐，琴遇钟君恨即销。
但使斯文天未丧，涧松何必怨山苗。

这首诗引用了颜回“一箪食，一瓢饮，在陋巷，人不堪其忧，回也不改其乐”的典故，既是致敬古人，也体现了朱同学自谦却

---

① 今河南商丘。
② 《睢阳学舍书怀》。

又自信、自苦而不自卑的性格，还表达了他物质虽然贫困，精神却非常富足的人生态度。

朱说从小和兄弟们一起读书，学习成绩不错。但同时供养这么多读书人，让朱家的日子过得紧紧巴巴的，为了给家里节省开支，也为了安静读书，朱说选择借住在淄州长白山上的醴泉寺[①]里复习。

困了，就在冬夜里用冷水洗脸，然后接着读书。饿了，拿出一碗冻得梆硬的粟米粥，用小刀划成四块，取出两块当晚餐，再切点腌菜，放上点醋和盐，一口气喝个干净后，再接着读书。

这样没营养没滋味的粟米冰粥配腌菜，朱说喝了整整三年。后来人们把他的故事浓缩成一个成语，叫“划粥断齑（jī）”。这样的生活也让朱说养成了勤俭节约的性格，而且他不仅自己节约，还经常劝兄弟们不要乱花钱。

结果，劝出事了。大中祥符四年（1011 年），被劝得有点烦的朱家兄弟脱口而出：我花我们老朱家的钱，和你有啥关系？

这话说的，话里有话啊。

很快朱说就得知了事情的真相——他其实本姓范，两岁时才随母亲谢氏改嫁到朱家。对于这个已经生活了二十多年的家来说，他才是唯一的“外人”。

虽然继父朱文翰对朱说疼爱有加，视如己出。但越是这样，要强的朱说越不愿意当寄人篱下的“拖油瓶”。于是他辞别母亲，佩剑负琴，独自一人来到应天求学。

母亲谢氏心疼儿子，想叫他回来。朱说却和母亲定下十年之约，立志要出人头地，然后再来接母亲团聚。

---

① 今山东邹平西南。

但这条路，并不好走啊。

朱说虽然以优异的成绩考入了应天府学，但由于在籍学生名额已满，他只能当了五年的“自费生”，学费和生活费是几个同母兄弟接济的，当然要一分钱掰成两半花。

好在功夫不负有心人。

大中祥符八年（1015年），二十七岁的朱说考中乙科第九十七名，后被任命为广德军司理参军，此时的他终于有能力把母亲接到身边尽孝。

几年后，朱说给皇帝打了个报告，申请恢复范姓，获得了皇帝的允许。自此朱说改名为范仲淹①。

对，只要不是义务教育的“九漏鱼”，肯定都背过《岳阳楼记》，也必然能脱口而出范仲淹的那句千古名言——“先天下之忧而忧，后天下之乐而乐。”

但其实范仲淹这辈子基本上就没怎么“乐”过，光剩下“忧”了。

那心操的呀，稀碎。

他在地方任泰州西溪盐仓监时，操心沿海百姓的生活，带着大伙重修捍海堰，后世称为“范公堤”，现在已经成了204国道的一部分。

为母守丧期间，他操心当时不良的学术风气，毅然接受晏殊的邀请，成为应天书院的校长，让整个书院的学风焕然一新。

不仅如此，他还一反儒家“不在其位，不谋其政”的传统，操心起整个天下的安危。范仲淹因在天圣六年（1028年）向朝廷

---

① 具体时间有争议。《宋史》、楼钥《范文正公年谱》、富弼《范文正公仲淹墓志铭》记为宋真宗天禧元年（1017年）；曾巩《范仲淹传》、王偁《东都事略》记为宋仁宗天圣四年（1026年），范母谢氏去世之后。

上万言书，而被调入京中，任秘阁校理。这个岗位就相当于是皇家图书馆的图书管理员。

按理说你就操心书的事得了，可范仲淹偏不。他第一炮瞄准的就是垂帘听政的当朝太后刘娥。

章献明肃皇后刘娥，是宋真宗赵恒第三任皇后，宋仁宗赵祯名义上的母亲，宋朝第一个临朝称制的女主，也是当时权力最大的女人。

天圣七年（1029 年）冬至，仁宗准备率领朝廷百官在会庆殿给刘太后过生日。但范仲淹却认为皇帝这是公私不分，你可以回后宫表演母慈子孝，但不能在朝堂上拿国家典礼开玩笑。

于是他直接给刘太后写了封公开信，说皇帝已经成年了，太后你也该退休了吧。

这可把他的推荐人晏殊吓得冷汗直流，你范仲淹不怕死，高低也要考虑一下别连累别人的问题吧。

但范仲淹却表示，我就是感激您的推举，所以才直言进谏，生怕辜负了您的期待。怎么您现在因为说真话而怪罪我呢。事后范仲淹还给晏殊写了一封三千多字的长信来表明自己的立场。要知道文言文以言简意赅著称，能一口气怒喷三千多字，可见范仲淹的火力有多猛了。

经历了这么一场“不愉快”后，范仲淹干脆请求外调。但他“处江湖之远”，却依然不改忧国忧民的本心。

朝廷要重修烧毁的宗教建筑。

范仲淹：非所以顺人心、合天意也。反对！

朝廷要绕过程序，直接任命干部。

范仲淹：非太平之政。反对！

朝廷要一刀切砍掉官员的工资福利。

范仲淹：官吏衣食不足，廉者复浊，何以致化？反对！

当然，以上反对大多无效。不过宋仁宗还是把范仲淹召回京师，任命为右司谏，掌规谏讽谕。

你不是爱提意见吗？这回让你提个够。

于是范仲淹的第二炮，就锁定了皇帝宋仁宗。

明道二年（1033 年）七月，天下大旱，蝗灾蔓延。当时刘太后刚去世，宋仁宗亲政，也不知道是不是还没进入工作状态，他竟然没有理会范仲淹的救灾申请。于是范仲淹直接冲到皇帝面前问了一句：

宫掖中半日不食，当何如。

倘若我现在立刻马上给宫中断半天伙食，陛下又该如何应对？

宋仁宗立刻改正，派范仲淹去救灾。

而范仲淹成功缓解灾情回京时，也不忘“感念天恩”，顺手给皇帝陛下带了点当地的土特产——一把野草，是朝廷赈济下发前，千万灾民用来充饥的野草。

宋仁宗：别骂了，别骂了，已经在反思了！

更劲爆的还在后头。

明道二年（1033 年）冬，宋仁宗和郭皇后闹离婚。范仲淹带着大臣们表示了强烈的反对，把宰相吕夷简都辩得哑口无言。范仲淹还和同事们约好第二天上班接着战斗呢，结果一到单位就接到了工作调动的通知，第二次被踢出了京城。

景祐元年（1034 年），范仲淹调任苏州后，写下了那首著名的《江上渔者》。

江上往来人，但爱鲈鱼美。
君看一叶舟，出没风波里。

江上来来往往的人们，只喜爱鲈鱼的美味。

有谁关注到一叶扁舟上的那个渔人，在大风大浪里的辛苦和劳累。

这就是范仲淹，总能找到可以操心的角度，因为他是真的把百姓放在心上。

他在苏州因为治水有功，又一次被调回京师，权知开封府。首都市长的工作千头万绪，但范仲淹显然还有余力操心别的。

这一次他的炮口，指向了当时的权相吕夷简。

很多人都知道范仲淹是个文学家，却不知道其实他画画水平也不错。

范仲淹对吕夷简任人唯亲、培植党羽的行为非常不满，他通过调查走访，掌握了翔实的第一手资料，然后提笔就画了一幅《百官图》——相当于给当时所有的朝廷高官拍了张全家福。然后在每一个人的头像上标注详细信息，哪些是按照组织程序合理调任的，哪些是因为吕夷简私人关系越级提拔的。

于是范仲淹第三次被贬出京，并就此喜提外号——“范三光”。

第一次，范仲淹因反对刘太后而被贬，朋友们在开封东门送行时说了一句：

此行极光。

虽然被贬了，却是极其光荣的事啊！

第二次，范仲淹因得罪皇帝而被贬，朋友们在亭子里送行时，又说了一句：

此行愈光。

虽然又被贬了，却是更加光荣的事嘛！

第三次，范仲淹因为画画骂宰相而被贬，朋友们在郊外送行时又说了一句：

此行尤光。

虽然总被贬，但依然，仍旧是光荣的事嘿！

这一次范仲淹终于忍不住，笑着说了一句：

仲淹前后三光矣，此后诸君更送，只乞一上牢可也[①]。

我都"光荣"三回了，如果还有下一次，各位能别送祝福了，就单纯送我离开不行吗？

---

① 释文莹《续湘山野录》。

这心态，说明范仲淹就没打算改。

好友梅尧臣劝他不要像啄木鸟一样，啄了林中虫，招来杀身祸，也不要像乌鸦一样耿直报凶，结果被人当成不祥的恶鸟。

但范仲淹却回了梅饶臣一篇《灵乌赋》。

在赋中，范仲淹借乌鸦的哑哑之声，喊出了人生中最响亮的宣言：

宁鸣而死，不默而生。

但千万别以为范仲淹只是个敢说真话的纯文人。金元时期的文学家、历史学家元好问曾这样评价范仲淹：

在布衣为名士，在州县为能吏，
在边境为名将，其才其量其忠，一身而备数器。

简单说就是出将入相，文武全能。

宝元元年（1038 年），党项人李元昊叛宋立国，自称大夏，于三川口[①]之战大败宋军，一时间朝野震惊。

危难之际，朝廷采纳陕西安抚使韩琦的建议，任命范仲淹为龙图阁学士，与韩琦同为陕西经略安抚招讨副使，韩琦主持泾原路，范仲淹主持鄜（fū）延路[②]，共同抵御西夏。

---

① 今陕西延安枣园。

② 路，宋代行政区划名。北宋为抵御西夏，将陕西分为若干军事防区，先后有秦凤、鄜延、环庆、泾原、熙河、永兴军六路经略安抚使路。

范仲淹到任后，发现要操心的事更多了。

北宋开国已近百年，安逸的生活让军队武备废弛，简称一个能打的都没有。范仲淹只能和时间赛跑，马不停蹄地改革军事制度，布置御敌战略，督促战前训练，筹集后勤物资。

和主张迅速决战的韩琦不同，范仲淹对西夏采取“积极防御”的战略，即持久战，搞基建，养民力，抚羌患。

范仲淹认为，以当时宋军的战斗力根本无法速战速决地打败西夏，最好的办法是打持久战，发挥北宋的国力优势。

而且宋军虽然在野战中打不过西夏，但西夏也拿宋军的坚固堡垒没办法。既然如此，那就大搞基建，一路把堡垒修到西夏去。今天往前挪一点，明天往前蹭一步，用完整的堡垒体系一点点锁死西夏的生存空间。

同时范仲淹深知西北地区道路艰险，转运困难，于是他主张就地屯田养兵，最大限度保障前方的军需补给，减轻后勤负担。

当时宋夏交界处还生活着很多中立的部族，甚至有些已经成为西夏的小弟。范仲淹特别注意团结诸羌，尽可能争取他们，进一步削弱敌人，壮大自身。

事实证明，范仲淹的战略是正确的，也是无奈的。

因为打不过，真的打不过。

宝元二年（1039 年）三川口之战，宋军步骑万余人全军覆没。

康定二年（1041 年）好水川之战，宋军万人阵亡。

庆历二年（1042 年）定川寨之战，宋军九千四百余人被围歼。

西夏赢麻了，但无以为继；北宋输蒙了，但尚有余力。双方一个打不动，一个打不赢，那就谈判呗。

庆历四年（1044 年），宋夏达成协议，史称“庆历和议”。

这场差点输光底裤的战争，让北宋君臣深感耻辱。于是宋仁宗拜范仲淹为参知政事，开始了北宋第一次大规模的变法革新运动，史称“庆历新政”。

范仲淹在《答手诏条陈十事》提出“明黜陟、抑侥幸、精贡举、择官长、均公田、厚农桑、修武备、减徭役、推恩信、重命令”十件事。改革的矛头直指臃肿不堪、尸位素餐的官僚体系。

有一次范仲淹拿着官员花名册挨个考核，凡是不称职不合格的官员，范仲淹大笔一挥，直接抹去名字，相当于当场开除公职，这就是成语“一笔勾销”的由来。

当官不为民做主，不如回家卖红薯。虽然北宋时还没有红薯，但道理都是一样的。

可这样的改革必然要面临巨大的阻力，在反对派的持续攻击诋毁下，历时一年多的新政，最终以范仲淹等改革派的陆续离京而宣告失败。

范仲淹的改革失败了，但他的人生并没有失败。

如果终究无力改变整个天下，至少让自己目光所及之处，变得更好一点吧。

他在邓州任职期间，重修览秀亭、构筑春风阁、营造百花洲，并设立花洲书院。范仲淹没事就去书院客串一下教授，讲学收徒，耐心为青年学子解惑。

从前的老同事，老朋友有了难处，他也慷慨解囊，能帮就帮。而他自己则依然保持着节俭的生活习惯，家里要是不来客人，平日里晚饭就只做一个荤菜。

也正是在邓州期间，范仲淹受滕子京委托，写出了千古名篇

《岳阳楼记》。并没有到过岳阳楼的范仲淹，在全文的最后一段，对自己的一生做了一个总结：

> 不以物喜，不以己悲，居庙堂之高则忧其民，处江湖之远则忧其君。是进亦忧，退亦忧。然则何时而乐耶？其必曰“先天下之忧而忧，后天下之乐而乐”乎！噫！微斯人，吾谁与归？

范仲淹这辈子称得上是活到老，操心到老。不只操心这辈子，甚至都操心到下辈子去了。

皇祐元年（1049 年），六十一岁的范仲淹调知杭州，大部分官员在这个年纪首先要操心的应该是自己的退休养老问题。

范仲淹的子侄学生们就商量着买点土地田产，好让范仲淹退休后能安享晚年，这也是当时士大夫的常规操作。

但范仲淹却严词拒绝，他说：

> 人苟有道义之乐，形骸可外，况居室乎？……吾之所患，在位高而艰退，不患退而无居也。

我内心的快乐，难道是房子带来的？我担心的是身在高位退不下来，而不是退下来没地方住。

范仲淹都这么说了，别人还能说啥，于是都以为这事翻篇了。

可不久后范仲淹突然态度大变，不但同意投资不动产，甚至还拿出全部积蓄在苏州购买了千亩良田。

正当大家纳闷时，苏州吴县出现了一座“范氏义庄”，没错，这就是范仲淹在买来的千亩良田上建的。他用义庄经营所得来提供范氏子孙的日常口粮，教育资金，婚丧嫁娶等基本生活保障，甚至还会提供临时的住房和贷款。

原来范仲淹操心的不是即将离开世界的自己，而是自己离开后的世界。

范氏义庄的覆盖范围不只是范仲淹的直系后代，而是范氏族谱上的每一个人，主要目的是救贫济困，促进教育，团结家族。范氏义庄历经朝代更迭，战乱兴替，资财增减，历时近千年而不倒。

范仲淹的无私精神和广大胸怀，也感染激励了更多的人，进而形成了中国古代一种独特的社会风俗。很多电视剧里都把义庄描绘得如同停尸房一样恐怖，其实这恰恰是因为义庄本来就有为无钱下葬的穷人提供棺椁暂存服务的职能。

更需要说明的是，范仲淹这么做完全就是在以德报怨。

因为当年范仲淹申请恢复范姓时，受到了范氏族人的各种排挤刁难，说他所谓的认祖归宗，就是想来分家产的。直到范仲淹承诺“只欲归本姓，他无所觊”后，范家才认可他复姓。这让范仲淹很受伤，哪怕多年之后依然用“风俗太薄”来评价当时的范氏家风。

既然“太薄”，那我就来“加厚”！

所以范仲淹斥巨资打造范氏义庄，献出所有来为每一个族人谋福利。他希望重铸友善互助的宽厚家风，同时他也不希望子孙后代中有人像他当年那样 “划粥断齑”。

这就是人们常说的，因为自己淋过雨，所以才想要给别人撑把伞。

皇祐四年（1052年）五月二十日，范仲淹在徐州病逝，享年六十四岁。

这位出将入相、位极宰执的当世名臣，入殓时找不到一件新衣服，丧葬费都是朋友凑的。他的家人没有固定住所，还要靠官府借一间小房子给他们暂住。

范仲淹好像什么都没有留下，但他又留下了太多太多。就像他在一首小诗《书扇示门人》中写的那样：

一派青山景色幽，前人田地后人收。
后人收得休欢喜，还有收人在后头。

老夫这心啊，也要操到头了。

接下来，就看你们的了。

欧阳修

◎ 被生活整顿的“00后”

都说“00后”是极有个性的一代，只是没想到这句话放在一千年前竟然也适用。

欧阳修生于北宋景德四年（1007年）。作为一名一千年前的“00后”，欧阳修同样有一颗整顿世界的雄心，年轻时更是个出了名的炮仗脾气刀子嘴，虽然不是无理搅三分，但绝对称得上是得理不饶人。

欧阳修刚上班时，顶头上司王曙是北宋名臣寇准的女婿。有一次，王曙把一群下属召集起来训话，大意就是你们知道我老丈人寇准那么牛的人物，为啥会晚节不保吗？都是因为贪图享乐啊。

言下之意，年轻人，要多吃苦，多锻炼啊……

这话用咱们今天的话说，可以算是爹味儿语录的代表了，但二十出头的“00后”欧阳修也没客气，当场回道：

以修闻之，莱公正坐老而不知止尔！

你老丈人晚年倒霉，可不是因为吃喝玩乐，而是因为他老了还占着位置，不懂得给年轻人腾地方！

嗯，别装老资格，因为资格越老，走得越早。

一句话就把上司王曙说到当场退出群聊。

对于自己看不惯的同事，欧阳修也是个厌蠢症晚期患者，伴随间歇性发作。

宋仁宗景祐三年（1036 年），范仲淹因得罪权相吕夷简而被贬。左司谏高若讷正在那幸灾乐祸说范仲淹活该，欧阳修就开炮了，作为范仲淹的好友和支持者，他直接给高若讷发来了封骂街信。翻译过来的意思就是——你那钛合金狗眼要是用不着就捐了吧，就你这货还好意思出来上班见人，能要点脸吗？

气得高若讷哭唧唧地跑去找皇帝告状，欧阳修也因此被贬为夷陵县令。

四年后，欧阳修重返中央，开始深度参与范仲淹主导的“庆历新政”。范仲淹等人针对北宋冗官冗兵等问题进行了大刀阔斧的改革，把那些既得利益者得罪惨了。很快，反对变法的势力就开始了反扑，他们攻击范仲淹、欧阳修等变法派结党营私，是祸国殃民的“朋党”。

此时欧阳修担任的职务是谏官，按理说贬过一轮了，说话做事该学乖了吧？

很遗憾，并没有。

他大笔一挥，写下了洋洋洒洒的《朋党论》。

在文章里，欧阳修字字铿锵地论证了君子有党是自古以来的真理，皇帝就应该亲近“君子党”，远离“小人党”，这样国家才能长治久安，风调雨顺，政通人和，国泰民安……

欧阳修写这篇文之前应该是没和大哥范仲淹商量过，不然范仲淹一定会感动地拉着欧阳修的手说上一句：咦，这可不兴说啊！

掀桌子是很爽，但可惜欧阳修忘了一件事，这张桌子上坐的不只有变法派和反对派，还有皇帝。

对皇帝来说，是“君子党”还是“小人党”并不重要，只要是“朋党”，那就不行，那就得收拾。

失去了皇帝的支持，“庆历新政”最终失败。然后欧阳修立刻遭到了职场整顿，毕竟得罪的人多了，除了一贬再贬，也少不了被泼脏水。

北宋庆历五年（1045 年），时任龙图阁直学士、河北都转运使按察使欧阳修突然喜提“热搜”，只不过是“坏事传千里”的那种热搜。

因为一份来自开封府的审讯口供显示：欧阳修的外甥女张氏声称自己在出嫁前，和“舅舅”欧阳修存在不正当的男女关系，史称“盗甥案”。

案情其实并不复杂，调查难度也不高。

张氏是欧阳修妹夫张龟正前妻的女儿。张龟正死后，欧阳修的妹妹回娘家居住，顺便把这个没有血缘关系的继女张氏一起带回娘家抚养。张氏长大成人后嫁给了欧阳修的侄子欧阳晟，这才正式上了欧阳家的户口。

后来张氏因婚内出轨被扭送开封府，她在审理过程中受人指使，故意把欧阳修给牵连进来，在供词中疯狂输出，各种不可描述，“词多丑异”。

翻译过来的意思就是，这段播不了，跳过。

好在真的假不了，假的也真不了。最终专案组的调查结果是“得无他”，即查无实据，罪名不成立。

但那又怎样呢？谣言一旦诞生，对当事人造成的伤害是即时生效且不可逆的。主打的就是一个说不清，道不明，辩不白，撇不净。

虽然“丑闻”并不是事实，但传出丑闻的欧阳修却依然被贬为滁州太守，理由概括起来就一句话——抛开事实不谈，苍蝇不叮无缝的蛋，就算张氏有错，你为啥不离她远点？

一代文宗，位列唐宋八大家之一，语言大师，嘴炮届的顶流王者欧阳修老师，人生第一次感觉到了什么叫词穷。

是啊，为啥呢？

欧阳修很清楚，这就是赤裸裸的诬陷和报复。宋仁宗也知道欧阳修是清白的。但朝廷中的反对派声势浩大，他也只能模糊处理，本质上来说也是对欧阳修的变相保护。

这一年，是北宋庆历五年（1045年），欧阳修三十九岁。这本应是一个男人最好的时光，但这一年的欧阳修却过得一点都不好。欧阳修的身体先天就不好。他是父亲的老来子，没赶上爹妈的黄金生育年龄，反而继承了老爹严重的近视眼。再加上父亲早逝，母子相依为命，从小就营养不良。青年时代的欧阳修就是个精瘦麻秆大近视加少白头，和朋友出去远足都跟不上大部队的脚步。

在他被贬滁州的这一年，他的母亲和妻子都身染重病，年仅八岁的长女欧阳师也不幸夭折，这已经是快四十岁的欧阳修失去的第三个孩子了。

身体的病痛，家人的离世，再加上理想的幻灭，连续三重暴击，让欧阳修感觉自己很受伤。

难道，我真的错了吗？带着委屈和憋闷，怀着反思和怀疑，欧阳修抵达了滁州。北宋时的滁州[1]属于淮南东路，处于平原和丘陵的交界地带，山路不通车，水路不通船，环境闭塞，人口稀少，在当时虽算不上穷山恶水，但肯定也不是什么发达地区。

欧阳修到了滁州后举目四望，这咋全是山包包啊，憋屈得跟个鸟笼子一样。于是他大笔一挥写下了一篇游记，开头第一句就是：

环滁皆山也。

是的，这篇流传千古的文章就是《醉翁亭记》，从此欧阳修也就有了那个伴随他终生的雅号——“醉翁”。

但有意思的是，此时的“醉翁”欧阳修其实颇有些名不符实。因为他既不够“醉”，也不够“翁”。

的确，哪有四十岁的老翁呢？欧阳修自己也说过：

四十未为老，醉翁偶题篇。
醉中遗万物，岂复记吾年。

嗨呀，喝醉了的人，又哪能记住自己的岁数呢？

据统计，欧阳修在滁州共创作诗歌约五十五首，其中与“酒”有关的诗就有二十六首，比例接近一半，包括“醉”“沽”“饮”“酩酊”等字词反复出现。

但实际上欧阳修的酒量相当一般，属于那种爱喝但不能喝，

---

① 今安徽滁州。

陶醉却不烂醉的克制型“酒人”，这就是：

醉翁之意不在酒，在乎山水之间也。

滁州的山水，淳朴的乡民，清冽的美酒，安逸的野游，不过是欧阳修自我疗愈的方法。作为一个传统的儒者，以天下为己任的士大夫精神不允许欧阳修就此放弃治疗。

世人皆知欧阳修建了醉翁亭，却很少有人知道其实他在滁州一共盖了三个亭子，分别是醉翁亭、丰乐亭和醒心亭。

醉翁，是面对污蔑的无声抗争；丰乐，是身为太守的政治理想；而醒心，则是欧阳修醉眼蒙眬的表象之下，那颗始终未变的赤子之心。

用最迷醉的态度，干着最人间清醒的事情。欧阳修的心路历程，在《醉翁亭记》里写得明明白白：

人知从太守游而乐，而不知太守之乐其乐也。

翻译过来就是，你快乐，所以我快乐。大家好，才是真的好。

按照马斯洛的“五层需求层次理论”来说，此时的欧阳修已经满足了前四层需求，只剩下最高层面的自我实现需求没有满足。

其实老祖宗早就在身体力行地实践这种自我实现的需求了，一言以蔽之：修身，齐家，治国，平天下！

不同于修建在城外琅琊山上的醉翁亭，丰乐亭就盖在滁州军事训练场的旁边，欧阳修在这里搞工作宴会，一边训练安保警备力量，一边与幕僚及百姓同乐，属实是两头兼顾，两头不耽误。

可见经过一段时间的自我调节，强烈的责任感已经促使欧阳修逐渐从疏狂洒脱的“醉翁”，向与民同乐的太守转化。

《醉翁亭记》作为今天九年义务教育的必修课文，其实在宋代就已经是阅读量10万+的爆款文章，天下人争相传抄拓印，不仅造成了纸张的价格上涨，连拓印碑文的毛毡都供不应求，最后连寺庙里僧人睡觉用的毡子都用上了。南来北往的商人在路上，甚至可以用《醉翁亭记》的拓片来抵税，可见这篇文章的受欢迎程度了。

如果说《醉翁亭记》还是借写景抒情，隐晦表达自己的志向，欧阳修同年创作的《丰乐亭记》则通过讲史和议论的手法，再一次宣告了以天下为己任的那个欧阳修，满血复活。

真正心怀天下的欧阳修，又怎么可能就此沉迷买醉，消沉一生呢。

当然，经历过挫折和低谷的欧阳修已经学会了稳重和内敛。他深知滁州这么一个小地方，人口少，底子薄，既怕官府不管事，又怕官府乱搞事。所以欧阳修不搞劳民伤财的形象工程和面子工程，他虽然以“醉翁”自居，但并不拍脑门胡来，而是因地制宜，宽刑简政，把滁州治理得井井有条。

在修建丰乐亭时，欧阳修又计划对滁州城墙进行加固，但连绵不绝的春雨严重影响了工程进度。于是欧阳修一连写下了三篇祈祷晴天的祭文。

至于效果嘛，只能说有点过于有效果了。

天晴了，城墙修好了，但晴过头引发了干旱，欧阳修又赶紧连写了三篇求雨的祭文，还带着百姓举行赛龙舟来求雨。

欧阳修一生写过十一篇类似的祈祷文，其中在滁州就写了整整六篇，体现出他爱民如子的儒者风范和醉翁不醉的主人翁意识。就像欧阳修指派自己的爱徒，同为唐宋八大家的曾巩所作的《醒心亭记》里所说的那样：

一山之隅，一泉之旁，岂公乐哉？乃公所寄意于此也。

上可致君尧舜，下可丰衣足食。山水泉亭，四时风景，万物所在，不过是这种快乐的载体罢了。

这才是欧阳修真正追求的自我实现。

至和元年（1054年）五月，在地方辗转十二年的欧阳修再次被召入朝中。但有人担心欧阳修被重用后会损害自己的利益，竟然伪造了一封针对宦官的奏疏，刻意给欧阳修找事，想把他再排挤出京。

好在朝中有明白人，欧阳修最终得以留任翰林学士兼史馆修撰，负责和大学者宋祁一起编纂《新唐书》，同时他还自费自愿地重修了《新五代史》。

从这一年开始，身体状况越来越差的欧阳修就开始不断地提交退休申请，只不过皇帝一直没同意。欧阳修也就继续在自己的岗位上兢兢业业地做事，怎么看都是一副熬年头、等退休的状态。

然后宋仁宗就给欧阳修安排了一个无法拒绝的“大活”——嘉祐二年（1057年）正月，欧阳修被任命为礼部贡举的主考官，负责主持这一年的进士考试，相当于全国高考的总负责人。

于是欧阳修决定干一票大的。他要搞一次把全国读书人都往死里得罪的教育改革。

宋代科举制度在唐代的基础上进一步完善，陆续出现了锁院制、弥封制、誊录制、别试制等新内容。

锁院制——老师全程封闭命题，防止考前漏题。

弥封制——隐藏考生个人信息，防止徇私舞弊。

誊录制——专人誊写考生试卷，防止认出笔迹。

别试制——初试后需二轮复试，防止冒名顶替。

可以说在保障科举考试的公平性上，宋代能达到的水平和今天已经没差多少了。

但考试程序完善了，考试科目和内容却跑偏了。宋代科举考试科目主要由诗赋、策论、经义三部分组成[①]，诗赋是原创题，策是问答题，论是论述题，经义是默写填空题。一直以来，科举考试以诗赋题为核心，而这样的主观题评分标准，全看统治者的审美取向。

北宋初年流行“西昆体”，讲究写起来辞藻华丽，读起来富有格律，但内容上空洞无比；后来又流行“太学体”，文风艰涩，高深莫测，甚至洋洋洒洒写了一大篇，看的人连字都认不出几个。简单来说就是“西昆体”满嘴空话，“太学体”不说人话，逼得全天下的考生每天研究怎么拽词儿，怎么双押，硬生生把科举考试逼成了大宋新说唱的海选现场。但这就是当时的高考满分范文，只有写成这种风格才能考上进士。

而欧阳修的人生偶像是倡导“古文运动”的韩愈，最强调的就是通达平易，最瞧不上的就是脱裤子放屁。他自己考进士的时候就是因为不爱写“西昆体”“太学体”才两次落榜。他也深知

① 《宋史·选举一》：“凡进士，试诗、赋、论各一首，策五道，帖《论语》十帖，对《春秋》或《礼记》墨义十条。”

这样的考试选拔出来的可以是一个优秀的说唱歌手，但绝不是治国安邦的实干型人才。

欧阳修早就想改变这种不良风气了。庆历新政中提出的十大改革措施中就包括“精贡举”，而欧阳修就是这项改革的直接负责人。只不过庆历新政昙花一现，欧阳修当年提出的改革措施也没有得到落实。

就让老夫在退休前，把这事了结了吧！

今天我们说高考是引领学习的风向标，这句话放在宋代一样是真理。欧阳修决定下一剂猛药，他要用考生们最关心的录取结果来倒逼学风、文风的革新。

于是欧阳修和参与评卷的其他同事取得了共识——此次嘉祐二年（1057年）的科举，以策论取代诗赋为主要评分点，取消死记硬背的经义题，并且只要是写“西昆体”“太学体”的，一律不予录取！

题型、分值、评分标准，全都变了，必然让按照老皇历备考的考生猝不及防，这是把人往死里得罪的做法，也必然要承担巨大的舆论压力。

但欧阳修表示，要的就是这个效果。

在批阅试卷时，他看到一篇文章开头写道：

天地轧，万物茁，圣人发。

不过是一句天地万物产生了，圣人就出现了，偏偏用这么别扭费劲的表达方式，这就是“太学体”的调性。

于是欧阳修也大笔一挥，在卷面上写下了六字评语："秀才剌，试官刷！"

就这样，那些写"西昆体""太学体"的考生全都被欧阳修给刷下去了。考试结果一出，落榜的考生骂成一片，欧阳修也惨遭"开盒"——他的家庭住址、工作单位和上班路线等个人信息全被人公布出来。

愤怒的落榜生们聚集在欧阳修上班的路上，一度冲破了维持秩序的安保人员的阻拦，聚集在欧阳修的马前破口大骂，险些把他当街暴揍一顿。还有人写了一封《祭欧阳修文》塞到了他家门里，诅咒他赶紧去死，就差上门泼油漆、寄花圈了。

但被"网暴"的欧阳修却并没有屈服。他在两年后担任殿试详定官时，再次对"西昆体""太学体"一票否决，这才扭转了北宋一代的学风、文风，极大地促进了古文运动的蓬勃发展。他所开创的自然流畅的散文风格，一直到五四运动时才被白话文取代。

从这个角度来说，欧阳修的确是致敬了偶像韩愈。而他顶住巨大压力主持的这次嘉祐二年科举，也被称为中国科举史上的"千古第一龙虎榜"。

这份榜单中的牛人包括但不限于：苏轼、曾巩、苏辙、张载、程颢、程颐、曾布、吕惠卿、章惇、王韶……

在当届录取的 388 名进士中，有九人做到了宰执一级，更别提这里面还有唐宋八大家中的三个（曾巩、苏轼、苏辙）；有后来王安石变法中的骨干（曾布、吕惠卿、章惇、王韶）；有理学大家程颢、程颐；有创立关学，留下"横渠四句[①]"的张载……

① 出自张载《横渠语录》："为天地立心，为生民立命，为往圣继绝学，为万世开太平。"当代哲学家冯友兰将其称作"横渠四句"。

什么叫群星闪耀，什么叫大佬云集，什么叫全明星，什么叫高端局，这就是。

此后欧阳修的职业生涯也迎来了新一轮的起飞。他历任权知开封府、枢密副使等职，并在北宋嘉祐六年（1061 年）被任命为参知政事，相当于副丞相。

然后，欧阳修又上“热搜”了。而且还是同样的配方，熟悉的味道。

治平四年（1067 年），御史蒋之奇上书弹劾欧阳修，罪名是和儿媳妇吴氏有不正当关系。为此欧阳修一个月内连上九道奏章，坚决要求查明真相，必须给自己一个说法。

宋神宗下令追查传言的来源才发现，原来是欧阳修的小舅子薛宗儒因为恼怒姐夫欧阳修不给他走后门，才一气之下编造了这个所谓的桃色丑闻。结果这个八卦被蒋之奇听说了，这才有了后来的乌龙弹劾事件。

最终参与散布不实信息的蒋之奇等人都被贬官处理，神宗皇帝也通过官方的正式文件为欧阳修恢复名誉。

但欧阳修赢了吗?

很遗憾，没有。

此时欧阳修患有严重的眼病，读书是不可能的，只能找人把文字念给他听，也算是开创了听书播客的先河。除此之外，欧阳修还有臂痛、足疾、腰疾、腹疾、风眩、喘疾、牙痛、糖尿病等各种疑难杂症，搁今天的互联网上随随便便都是绝症起步。

连续两次遭遇恶意诬陷，让欧阳修感到身心俱疲。当熙宁二年（1069 年）王安石开始变法后，欧阳修看着眼前这个目光坚定、干劲十足、誓要整顿天下的后辈，仿佛看见了当年的自己。

但是现在，他已经折腾不动了。“醉翁”已经戒了酒，但也真的变成了老翁。

此后，欧阳修改号“六一居士”，指一万卷书、一千卷遗文、一张琴、一局棋、一壶酒、一老翁。

熙宁四年（1071年），欧阳修的退休申请终于获得批准。第二年，欧阳修在颍州逝世，享年六十六岁，后获赐谥号“文忠”。

欧阳修这位一千年前的“00后”，虽然没能成功整顿人间，但他也从未对人间的整顿低头。

借用庆历八年（1048年）欧阳修离开滁州时所写的《别滁》中的两句话：

我亦且如常日醉，莫教弦管作离声。

我如昨日般沉醉，诸位莫要为我的离开而伤悲。

就这样，散了吧。

李显忠

◎ 千里归宋路，谁也挡不住

乱了，全乱了。

公元 1130 年的陕北，乱成了一锅粥。

具体有多乱，你只需要记住这一年是南宋建炎四年，也是金天会八年，又是西夏正德四年，还是伪齐刘豫阜昌元年。

鄜延路重镇鄜州[①]城内，一对父子正在满脸嫌弃地拆快递。父亲名为李永奇，原为北宋鄜延路马步军副都总管，金军攻陷延安府后被迫降了金国。跟他在一起的儿子名为李世辅[②]，而父子俩正在拆的包裹就是所谓的大齐皇帝刘豫送来的官职任命书。

对此，父亲李永奇嗤之以鼻地表示：

我宋臣也，世袭国恩，乃为彼用邪？

---

① 今陕西延安洛川县。

② 后被宋高宗赐名“显忠”。

啊呸，什么大齐皇帝，明明就是金国人养的一条狗！我李家世代都是大宋之臣，还能给你卖命？

李永奇骂完了娘，转头对刚满二十一岁的儿子李世辅交代道：

> 汝若得乘机，即归本朝，无以我故贰其志。
> 事成，我亦不朽矣。

有机会你一定要回归大宋，千万别顾及我们，只要你能成事，我就死而无憾啦！

李永奇和李世辅父子，就是北宋末年版的“人在曹营心在汉”。

李世辅，出生于北宋绥德军青涧城[①]，祖上世袭苏尾九族巡检，通俗来说就是效忠北宋的地方民兵。

史称他出生时遭遇难产，一个路过的和尚说：

> 所孕乃奇男子，当以剑、矢置母旁，即生。

好家伙，头一回听说生孩子要准备大规模杀伤性武器的，但李家人也只能病急乱投医。没想到刚把兵器送进产房，李世辅就出生了，并且一生下来就能立在床上。

行吧，你说是就是。

北宋靖康元年（1126年），十七岁的李世辅随父从军，出

① 今陕西延川县北清涧。最初由宋仁宗赐名“青涧”，明洪武四年（1371年）赐名“清涧”。

入战阵。

此时正值宋金开战，北宋鄜延路经略使王庶命令李永奇派出侦察兵去刺探金军的动向。

李世辅主动接下了这个危险的任务。他利用自己对地形的熟悉，成功发现了一支隐藏在洞穴中的金军侦察小分队。并在夜色的掩护下，从洞穴上方通过“索降”成功潜入，干掉了全部十七名金兵，堪称北宋版的《刺客信条》。

年轻有为，视死如归，忠君报国，身手了得，孤胆英雄李世辅的大名迅速在边境传开了，此后他跟着老爹四处出击，一边打击犯罪，一边保家卫国，很快升任鄜延路兵马都监，充第六正将，知同州。

但李家父子的努力，并不能改变整个宋金战局的走向。

靖康二年(1127年)，金军攻占北宋都城开封，掳走徽钦二帝，史称“靖康之变”。一年后，金军攻陷延安府，李世辅父子也战败被俘。金国人想借助李氏家族在当地的威名镇场子，就将李永奇等两百余口李氏族人迁到鄜州当作人质，却令李世辅留守延绥，逼着他为敌国效劳。

建炎四年（1130年），刘豫的伪齐政权在金人的扶持下建立。刘豫也听说了李世辅的名声，就下诏调李世辅到东京开封府，划归“太子”刘麟所指挥的“皇太子府军”。所以这才有了开头拆包裹那一幕。

东京开封府，曾经百万生民聚居之地，四方繁华汇聚之所，如今已被战火蹂躏成一座荒城。但至少这里离南方更近。所以李永奇才在儿子出发前叮嘱他找机会和南宋取得联系。

李世辅带着潜伏任务来到开封，表面上对刘氏父子忠心不二，暗地里却派遣心腹携带秘密文件到临安[①]联络南宋高层。

但由于宋军淮华、浙西沿海水军都统制徐文叛变投降了伪齐，南宋失去了淮水流域的大片土地，让李世辅和南宋的距离又拉大了。

绍兴七年（1137 年），李世辅再次冒险，派人南下联络南宋，却还是没等到回信。同年金国名将完颜宗弼带兵入开封，废了刘豫的伪齐，成为李世辅的新领导。

绍兴八年（1138 年）春，李世辅跟着完颜宗弼在淮南一带围猎，这是他离南宋领土最近的机会，李世辅打算把完颜宗弼劫持到南边。但可惜他在事先侦察淮河水深状况时，战马被金人放置的竹刺扎伤了，不得不放弃了计划。

此时金国和南宋已经开始议和，作为主战派的完颜宗弼忙着和金国主和派斗争，没精力再管李世辅了。李世辅得以摆脱完颜宗弼，回到陕西担任同州[②]承宣使。

回到故乡，李世辅先请假回鄜州探望家人。已是花甲之年的李永奇依然不忘初心，他给儿子出主意说：同州到南山是金人往来的必经之路，你可以在这儿抓个金国高层当人质，然后我起兵拿下延安，咱们一起回归大宋！

于是李世辅第三次派手下南下联络南宋，一面联系同样心向南宋的华州知州王世忠，想一起干一票大的。

但是很不幸，消息提前泄露了。王世忠因被手下出卖而被杀，接到消息的金国西路元帅完颜撒离喝紧急赶赴同州，想要拿下李世辅。

---

① 今浙江杭州。
② 今陕西大荔。

然后，他就被李世辅拿下了。

李世辅一面派人通知父亲和家人，一面劫持完颜撒离喝向城外跑。由于事发仓促，李世辅抵达洛河时，发现事先约好的接应船只并没来。

前无进路，后有追兵，李世辅陷入了绝境。

这时被绑票的完颜撒离喝突然问李世辅说，你这是要把我往哪儿带啊？

李世辅没好气地回答说，当然是去江南，把你绑去大宋。

一听这话完颜撒离喝不急反笑，说宋金议和已定，大宋朝哪敢在这个时候得罪我金国？你要是真把我绑过去，我保证你是阶下囚，而我却是座上宾，你信不信？

李世辅不相信，但又不得不相信。无奈之下，李世辅和撒离喝折箭发誓：若归我二圣，复我疆土，息兵休战，不得杀同州人，不得害我骨肉，我就放了你！

撒离喝刚答应，李世辅就一脚把他踹下山崖。身后的金兵蜂拥而至去营救主帅，李世辅则带着手下趁机突出重围。

但他的家人们，就没那么好运了。因天降大雪，道路难行，李家人在马翅谷口[①]被金兵追上，包括李世辅父亲、母亲、兄弟和子侄在内的两百余口人几乎全部遇害。就连血缘很淡的族妹，也被金人折磨致死。

李世辅则在金国人的围追堵截下做出了一个“违背祖宗的决定”——北上，投奔西夏！

正所谓“敌人的敌人，就是朋友”。李世辅一见到西夏皇帝，

---

① 今陕西富县南。

就痛哭流涕地说道：

愿得二十万人生擒撒离喝，取陕西五路归于夏，显忠亦报不共戴天之仇。

西夏人也不傻，说他们国境内有个外号叫“青面夜叉”的反贼，这么多年都没有捉拿归案。你要是能把他干掉，借兵的事就好商量。

说白了，这就是西夏开出的投名状。李世辅带领三千骑兵，日夜奔驰，长途奔袭，突击“青面夜叉”的营地，三下五除二就把他给生擒活捉了。

西夏一看李世辅如此给力，立刻派出二十万大军，以文臣王枢、武臣哆讹为陕西招抚使，以李世辅为延安招抚使，出兵攻打陕西。

李世辅一马当先地打回了老家，却发现由于宋金议和，鄜延路已经重新成了大宋的领土。于是李世辅召集了八百名旧部回去见王枢等人，一见面就开门见山地表示：

延安我是得着了，但是不能给你们。因为大宋又回来了，所以各位也请回吧。

主帅王枢还没开口，旁边的哆讹小暴脾气却先上来了：来都来了，怎么能空手而归！

李世辅一听觉得有道理。对呀，来都来了，哪能空手而归呢？他突然抽刀砍向哆讹，哆讹吓得转身就跑。李世辅也没追，而是拎着刀扭头看向了依然状况外的西夏军最高统帅王枢。

就这样，李世辅弃夏归宋，还顺便绑了个敌国高官当见面礼。

正式归宋后，李世辅废弃金国和西夏的年号，以南宋的“绍兴九年”为口号，十日之内就招募了一万多名骁勇少壮的精兵。

被忽悠了的西夏皇帝亲率最精锐的重骑兵“铁鹞子”来攻打李世辅。但是他忘了，打西夏李世辅可是熟练工。他在疾驰的战马上挥舞双刀，歼灭西夏兵马万人，缴获战马四万匹。

于是，一个只有西夏受伤的世界就这样达成了。

李世辅报了国仇之后，当然也没忘了家恨。他将投降金人、杀害自己家人的直接凶手全部斩杀，然后带着部队直奔死仇撒离喝。

驻扎在耀川[①]的撒离喝听说李世辅回来了，吓得连夜撤离陕西。此时李世辅手下已有马步军四万多人，有人劝他乘胜进军河东，必定能取得更大的战功。但南宋高层却劝李世辅以和谈大局为重，不要进一步扩大战事。李世辅只能放弃了继续追击的念头，选择服从朝廷的命令。

南宋绍兴九年（1139 年）五月，李世辅抵达临安。宋高宗赵构称赞他“忠义归朝，立功显著”，故赐名为“显忠”。

这一年，李世辅三十岁，正式更名为“李显忠”。

三十岁正是年富力强，战斗力爆棚的黄金年龄。

绍兴十一年（1141 年），金国撕毁合约，再次南下攻宋。

李显忠会合张俊共同进兵淮南。他率军在孔城镇[②]大破金军，并趁势收复舒城[③]，解救老弱妇孺五千余口，然后李显忠率军直奔庐州[④]的完颜宗弼。

仇人见面，分外眼红。熟人见面，刀子见红。

完颜宗弼看出李显忠是想拿自己刷战绩，二话不说就选择了告辞。李显忠不顾危险，玩命追击，但奈何友军全不配合，最后

---

① 今陕西铜川西南。
② 今安徽桐城东。
③ 今安徽舒城。
④ 今安徽合肥。

他只能跟着大伙一起撤军。

战事告一段落后，李显忠因功升任保信军节度使、两浙东路马步军副都总管，驻扎在池州。但因为他多次上书要求北伐中原，结果遭到以秦桧为首的主和派的排挤打击。

这位正值当打之年的虎将，就这样被闲置在一旁，白白蹉跎岁月，直到五十二岁这一年才再次踏上了战场。

南宋绍兴三十一年（1161 年）九月，金主完颜亮兵分四路南下攻宋。由于驻守庐州的王权不战而退，南宋的防线上出现了一个巨大的漏洞。宋高宗忙令李显忠接替王权的指挥权。

但此时金兵已经开始渡江。好在碰巧出现在前线的中书舍人虞允文挺身而出，利用李显忠的威名稳定了军心，取得了采石之战的胜利，撑到了李显忠抵达战场。

不甘心的完颜亮又企图在京口[①]渡江南下，还派人送信来劝降。李显忠和虞允文一商量，也派人给完颜亮回了封信：

别废话，你们最害怕的李世辅在此，来啊，战个痛快啊！

为了最大限度地增加恫吓效果，这封信都没用“李显忠”这个宋高宗御赐的名字，而用了对面金国人更熟悉的“李世辅”。

果然，金兵一听到这个名字，本来就没剩多少的士气更是跌落谷底。而完颜亮还逼着手下渡江决一死战，并放话说谁敢抗命就要谁的脑袋。

金军上下集体陷入了思考：南人用李世辅统兵，为备甚固。我辈进必败，退则诛，进退等死，死中求生可乎？

已知条件 1：有李世辅在，我们进攻肯定是找死。

---

① 今江苏镇江。

已知条件 2：有完颜亮在，我们不进攻也是个死。

已知条件 3：我们没法让李世辅不在。

已知条件 4：我们可以让完颜亮不在。

你看，这不就有办法了。

完颜亮：你们这么看着朕是什么意思？

金军上下：没啥意思，因为你太不够意思，所以我们只能不好意思了！

完颜亮，卒。

而李显忠也因为战功显赫，官居太尉，一跃成为南宋军界的真正大佬。刚上岗的李显忠上疏高宗赵构，请求出兵西征，一路直插自己的老家关陇。但一心求和的宋高宗怎么敢主动招惹金国，就下诏把李显忠调离了前线。

但经过这么一番折腾，宋高宗也有点身心俱疲，干脆退居二线，将皇位禅让给了养子宋孝宗。

宋孝宗一上台就发动了“隆兴北伐”。李显忠终于得偿夙愿。他在枢密使张浚的指挥下，协同大将邵宏渊一起出兵。

邵宏渊原本是韩世忠的部将，完颜亮南侵时，邵宏渊也是一线的指挥官，但他却因为喝酒误事，丧师失地。但这并不妨碍他瞧不起曾两为“降将”的李显忠。

南宋隆兴元年（1163 年）五月，李显忠和邵宏渊兵分两路，攻打灵璧和虹县①。

李显忠渡过淮河后，一战击溃金军精锐骑兵，号称常胜军的“拐

① 灵璧和虹县今皆属安徽宿州。

子马”，并乘势收复灵璧城。但一回头却发现邵宏渊还卡在虹县呢。

为了消除后顾之忧，他只能又向东折返，协助邵宏渊攻打虹县。一听到李显忠来了，虹县守将痛快地选择了投降，这让邵宏渊觉得很没面子。

拿下虹县后，李显忠主动提出让邵宏渊来写这个捷报，但邵宏渊却阴阳怪气地说：哎呀，这都是您的功劳，和我有一毛钱关系吗？

李显忠以国家大事为重，不愿与邵宏渊争功。但心胸狭窄的邵宏渊却因妒生恨，开始各种作妖。他一会儿说应该见好就收，回去领赏；一会儿说没吃饱饭，要求回家。在攻打宿州时，李显忠的部队都已经攻上北门，开始和守军肉搏了，邵宏渊磨磨蹭蹭地还没渡过护城河，主打一个出工不出力。

不过宋军在李显忠的带领下，还是取得了三战三捷、连克三城的绝佳战绩。宋孝宗收到“捷奏”三连发后兴奋不已，亲自手书嘉奖状：

近日边报，中外鼓舞，十年来无此克捷。

北伐总指挥张浚也发来军令，命邵宏渊服从李显忠的指挥。这引起了邵宏渊更大的不满，声称自己“殆不可与共功矣”。糊涂的张浚竟然真的收回了之前的命令，这让前线的指挥体系陷入了更大的混乱。邵宏渊和李显忠的矛盾也越来越大。邵宏渊重提撤军回家的话题，李显忠则计划拿下徐州后，席卷山东、河南，甚至一路打回陕西去。李显忠打下宿州后对百姓秋毫无犯，邵宏渊则对此很有意见，他虽然没出力，却想分钱。

《宋史·李显忠传》记载，打下宿州后，邵宏渊要求把宿州官府仓库里的好东西分给大家，但李显忠不同意，只是给众人发了点奖金。《胡铨传》里说李显忠私吞了府库中的金银财宝。周密的《齐东野语》中则说是李显忠先让自己的亲信士兵搬空了府库，然后把剩下的零钱分给了其他人，这才导致了军心不稳。

看似截然不同的三种说法，其实说的是一回事——李显忠在分钱的时候的确有“私心”。但这恰恰是为了维护公平。宋代采用募兵制，当兵打仗和上班挣钱是一个意思。打了胜仗就分钱是当时的常规操作，甚至是天经地义的道理。当官的“不出血”，当兵的就不出力，不信你问问第一次北伐失败的宋太宗就知道了。

钱是一定要分的，问题是怎么分。

所谓李显忠“私其府库”，更多的是一种“按劳分配”，我的兵出力多，当然要拿大头，你邵宏渊连汗都没流几滴，凭啥给你多分钱啊。就算李显忠再高风亮节不计较，他也不能拿嫡系部队的福利去送人情，不然这队伍也就不用带了。

对此诗人杨万里也发表过意见：

贪将如中使，兵书不误今。只悲熊耳甲，谁怨袅蹄金。
贾傅奚同郡，朱游独折心。书生何处说，诗罢自长吟。

面对强敌，能打赢才是最重要的，就算李显忠“贪”，他也没把钱揣自己兜里，不也是用来鼓舞士气了?

但邵宏渊可不这么认为，他到处散播李显忠贪财不公的谣言。他的手下违反军纪，当众抢夺宿州降军的佩刀，结果被李显忠就地正法，这让邵宏渊更加恼火。

五月十八日，金国十万大军反攻宿州，李显忠带着部队顶在前面拼命，邵宏渊却公然摸鱼，出工不出力，其他人自然也有样学样——军官李保藏起旗号，在战场上当起了隐形人；另一位叫李福的更夸张，直接带着人马后撤到远离战场数公里远的一个樱桃园里玩采摘去了。

当天的战斗结束后，李显忠依照军法把这两个逃兵的脑袋砍了，但他却拿和自己平级的邵宏渊没辙。从二十日到二十二日，李显忠和金军苦战三天，可邵宏渊非但按兵不动，甚至当着全军将士的面来了一句：

当此盛夏，摇扇于清凉犹不堪，况烈日中被甲苦战乎？

哎呀呀，这大热天的，在阴凉地儿扇着扇子都难受，何况是站在大太阳下，披着又重又闷的盔甲作战呢？

这等傻事，我可不干，你们啊，谁愿意干谁干吧！

因为邵宏渊这个反面典型，宋军士气崩坏，当逃兵的人越来越多——带头跑路的就是邵宏渊的亲儿子。

到了二十三日，李显忠只能困守宿州城内。即便这样，他还是挡住了金军的无数轮进攻，斩首两千多人。宿州城外敌军的尸体一层摞一层，已经和城下的羊马墙①一样高了，护城河的水也被染得通红。

但这时候邵宏渊又来了一句：敌军有二十万援军马上就到，再不跑咱全得完蛋！

---

① 也称羊马城、羊马垣，是城楼外护城河的内壕墙，是古时为防守在城外筑的类似城圈的工事。

事已至此，李显忠知道这仗算是打到头了，无奈之下他整军而退，却在二十四日被金兵击败于符离[1]，损失惨重。轰轰烈烈的隆兴北伐就这么虎头蛇尾地结束了。

李显忠在战后受到处罚，但朝廷查明真相后又还他清白，此后李显忠也一路加官晋爵。

但他心心念念的北伐，却再也不会有了。

南宋淳熙五年（1178年），李显忠病逝。他在临终前仍然不忘叮嘱自己的儿孙：

今年几七十，官至二府……所不获者，国恩未报，大仇未复耳！汝曹当竭节尽忠，以追继吾志，则吾死瞑目矣。

辗转三国，千里归宋，满门孤勇，一腔精忠，符离之败，毕生之痛。

请记住我的名字，大宋，李显忠。

---

① 今安徽宿县北。

俞大猷

◎ 忍字头上，何止一把刀

大明嘉靖十九年（1540年），金山卫百户俞大猷提交了两封切中时弊、言辞中肯的上书，佥都御史陈伍山看了，那真是气不打一处来：

你一个舞枪弄棒的夯货，谁给你的勇气到我这儿来指导工作？

于是陈伍山当场宣布，将这个不自量力的小百户开除公职，并拉出去打了顿板子。几十军棍打完，俞大猷笑着自嘲了一句：

此非吾自见之地耶[①]。

哎呀，看来这不是让我发挥才能的地方啊。

面对挫折和打击，俞大猷向来非常乐观，因为都习惯了。

他在后世的头衔很多，比如抗倭名将、近古海防理论家、军

① 《上兵部尚书东塘毛公书》题解。

事家、少林寺客座教授、明代武术技击理论奠基者、诗人等。但在当时的大明，很多人提起俞大猷的第一反应则是——就那个倒霉蛋儿啊。

俞大猷这辈子，的确经历了各种莫名其妙的命运恶搞，全靠一个“忍”字闯天涯。

俞大猷的父亲世袭泉州卫百户，但老俞不想让儿子走自己的老路，想让他弃武从文，换一个赛道。所以俞大猷五岁入私塾学习，他虽然其貌不扬，口才也不算好，但悟性极高，拜理学大家蔡清的三个弟子王宣、林福、赵建郁为师，学习《易经》。

王老师擅长以《易经》论述古今兴衰迭起之变；林老师擅长以《易经》阐明心性忠孝礼义之理；赵老师擅长以《易经》推衍兵家奇正虚实之权。

军人家庭的出身，理学大师的真传，易学教育的浸染，让俞大猷养成了积极乐观的心态和以天下为己任的责任感，小小年纪就以豪杰自居，经常语出惊人。

他在泉州城北的清源山上读书时，因看不惯“当今之世，柔弱萎靡，到处见不到刚烈大丈夫之风”的现状，经常在山上的巨石上攀爬跳跃，以锻炼身手和胆量。至今清源山上还留有一块巨石，被称为“练胆石”。

俞大猷十五岁就考中了秀才，但父亲去世后，家里断了主要经济来源，他只能放弃科举，回家继承了泉州卫前所百户。

当然，志向远大的俞大猷并不打算一辈子当个小百户。按照明代的规定，世袭百户想升职加薪需要继续提升“学历”。于是俞大猷拜南少林名家李良钦为师，学习骑射功夫和“荆楚长剑”。“荆楚长剑”虽然名字里带个剑字，但实际上指的是棍法[①]。

① 一说明代以“剑”指代棍法，一说以“剑”字作为诸多兵器的总称。

事实证明，俞大猷天生就是吃武将这碗饭的。

他跟着李老师学习一段时间后，就已经有点青出于蓝的意思了。在骑射方面，他“指能知簇，辄命中”——就是骑在高速飞驰的骏马上，不用低头看，仅凭手指上的触感就能完成张弓搭箭的动作，然后一箭正中靶心。

在棍法对战中，俞大猷可以和李老师打个不分上下，李老师欣慰地说了一句：

公异日剑术，天下无敌者！

俞大猷后来的确成为明代棍法之集大成者，甚至还对河南少林寺的武功有所启迪，极大地提升了少林棍法的实战能力。

有一天，俞大猷正在练习棍法，教他兵法韬略的赵老师见到后笑着说：

若知敌一人之法矣，讵知敌百万人之法本于是乎？

知道了如何打倒一个敌人，又岂能不知如何打倒百万敌军的办法呢？

一句话，给俞大猷整不会了。于是他“退而思，思而学；学而又思，思而又学”，一顿头脑风暴，终于将几位老师所教授的内容化繁为简，融会贯通。

老师，我悟了。

当机立断，临敌预判，令行禁止，如臂使指，武艺和兵法，一人敌和万人敌，其底层逻辑是相通的。

在经历了接受、理解、解构、创新之后，俞大猷终于将别人教的知识，变成了自己的智慧，阐发前人所未有之说，已可称为是开山立派的一代宗师了。

嘉靖十三年（1534 年）秋，俞大猷考中武举人。第二年他入京参加武举会试，一举登科，高中第五名，升任泉州卫前所署正千户，被派驻去镇守金门。

俞大猷在会试中所作的策论题为《安国全军之道》，从几个方面阐述了修身治病之法，突出强调一个“忍”字。

俞大猷所说的“忍”，是将隐忍、坚忍、沉稳作为为人处世、带兵打仗的基本素养——不被他人带节奏，掌握战略主动权，不贪近功，立足长远，不争一隅，放眼全局。

由此可见，此时俞大猷的人生观和军事观已经逐渐成形。而金门的复杂情况也给了他一个很好的实操锻炼机会。

那时的金门是出了名的民风剽悍，俞大猷在金门五年，深入基层建学校，整顿军纪灭海盗，处置争端公正公平，应对灾荒廉洁高效，赢得了百姓的爱戴。

但身为军人的敏锐直觉，让俞大猷看到了东南海防的漏洞，所以他才向佥都御史陈伍山连上两书，结果不但官职被撸，还被打了板子。

两年后，因为北方蒙古俺答汗频繁袭扰，朝廷发文要求各地推荐军事人才。别人都害怕被推荐，俞大猷却主动报名，甚至变卖家产，自费进京去推销自己。

时任宣大总督[①]的翟鹏一看俞大猷如此能文能武，欣喜地表示：

吾不当以武人待子。

在重文轻武的明代，一个武将能获得的最高褒奖就是，他不像一个武将。

但此时翟鹏这个宣大总督当的也是焦头烂额，一波三折，也没心思重用俞大猷，于是俞大猷只能重返南方，任汀漳守备。他在当地组织读书沙龙，整顿军队纪律，只保境安民，不胡来扰民，所以在当地很有声望。

嘉靖二十六年（1547 年），俞大猷奉命平定新兴、恩平一带的叛乱。他也没麻烦别人，只带了几个随从，深入叛军各部去拜访他们的首领，就共同关注的热点问题进行了坦诚深入的交流——“晓以祸福”，并进行了亲切友好的沟通——“教之击剑”。

有个叫苏青蛇的乱贼，力能格虎，雄壮威武。

苏青蛇：听说你很能打，来，咱俩试试！

俞大猷：呵，试试就试试呗。

一交手，“斩之”。

还有一个叫何老猫的首领，抢占田地，蛮横无理。

俞大猷：若你听不进道理，本官倒也略懂些拳脚……

在俞大猷“和蔼可亲”的说服之下，明军不费一兵一卒，就

① 官名。全衔为“总督宣大、山西等处军务兼理粮饷”，简称宣大总督。

平定了两地的叛乱。

嘉靖二十八年（1549 年），俞大猷被紧急借调到两广，先平定了安南国叛军范子仪之乱，后又参与镇压海南的黎人起义。

平范子仪之乱时，俞大猷单骑入敌营劝降，当场就“劝”走了一万多人，最终成功平定两广。面对海南黎人起义，他呼吁放百姓一条生路，又一次孤身入营劝降，海南遂安。

如此“不入虎穴焉得虎子”的孤胆英雄，如此保境安民的汗马功劳，俞大猷最终喜提绩效奖金——白银五十两。

没有奖章，没有表彰，据说是有人故意压俞大猷的功劳，特意不给他晋升。

嘉靖三十一年（1552 年），倭寇进犯浙江东部，俞大猷被任命为宁波、台州诸府参将，他在海上阻截敌人，取得了很大的战果。少部分漏网的倭寇登陆后把陆地上的明军一顿暴揍，俞大猷这个指挥海军的却被罚停发工资，直到他又在海上击沉五十多条倭寇船只，才勉强恢复了工资福利。

一年后，俞大猷率军攻打普陀，经过苦战取得了胜利，但也损失了数百士兵和一个武举人。打赢了没奖励，损失了却有处分，朝廷给俞大猷记了个大过，让他戴罪立功，以观后效。

别人干活是为了军功，俞大猷干活是为了填坑。他与苏松副总兵汤克宽率水军追击大倭寇王直，结果却意外遭遇了飓风。俞大猷所乘坐的福船在巨浪中被抛上丢下，随时都有倾覆的危险，士兵们都吓得“号泣震天”。汤克宽虽然稍显镇定，但也不住地招呼俞大猷：赶紧把贡品拿出来祭祀海神啊，我出发前不是让你准备几十只牛羊猪当贡品嘛，现在赶紧用上啊！

安排，马上安排。只见俞大猷手脚麻利地弄好了祭台，然后在上面摆上了他给海神的贡品——只有一牛，一羊，一猪。

汤克宽眼珠子都快瞪出血了，他在风雨中大吼道：哥呀，你咋不多准备点啊！

没想到俞大猷吼得比他声还大：我这么穷哪里买得起那么多！咱心诚则灵，意思意思就行！

汤克宽怀疑人生地表示，这也行？

当然，不行了。

俞大猷的贡品一上桌，风浪陡然加大，全军将士也哭得更大声了。

生死关头，俞大猷却突然在暴风雨中放声大笑：

何其快也！

面对汤克宽关爱患者的眼神，俞大猷却一本正经地解释道：能和您这样志同道合的战友同日沉海，共赴国难，难道不快活吗？

这就是俞大猷的真实心态，他平生以心肠快活自居，既不消极悲观，也不长吁短叹，哪怕面对天大的挫折，照样撸起袖子就是干。眼前的风暴，又有何不可战胜？俞大猷当场砍了两个不听指挥的士兵，带着大伙齐心协力对抗风暴。不知过了多久，风止浪息，众人逃过一劫。

俞大猷在《舟师》一诗中写道：

倚剑东冥势独雄，扶桑今在指挥中。
岛头云雾须臾尽，天外旌旗上下翀（chōng）。
队火光摇河汉影，歌声气压虬龙宫。

夕阳景里归篷近，背水阵奇战上功。

倚天长剑指东溟，扶桑在我射程中。大海上云雾消散，战场上旌旗招展。立功的战士在夕阳中凯旋，胜利的歌声响彻云天。

也许，这就叫不经历风雨，怎么见彩虹吧。

此战过后，朝廷取消了对俞大猷的处分，并命他取代老伙计汤克宽为苏松副总兵。但不知道为什么，俞大猷和汤克宽交接的时候，总觉得他看自己的眼神有点特别——特别同情的那种“特别”。

然后俞大猷就看到了自己这个副总兵所能调动的全部兵力——竟然有“足足”三百人，而对面的倭寇，不过才“区区”两万人。

所以俞大猷在金山之战中败得毫无悬念。他的顶头上司浙直总督张经还不断催他主动出击，与敌人决一死战。

这不是决一死战，这是直接战死。

俞大猷表示，现在最重要的还是“忍”。他据理力争，联合浙江巡抚李天宠说服张经等待援军到位，最终取得“王江泾大捷”，被誉为东南抗倭以来的最大胜利。

报捷的文书送入京师后，满心欢喜的俞大猷很快就等来了皇帝的旨意——俞大猷因在金山之战中带着三百人打不过对面两万人，给予降职处分，以观后效！

俞大猷还不是最惨的。

嘉靖三十四年（1555 年）十月，张经、李天宠被砍了脑袋，还搭上了一个替他们喊冤的兵部员外郎杨继盛。

这一切都因为权臣严嵩的干儿子赵文华。他在东南作威作福，还给皇帝打小报告说张、李、俞三人贻误战机，消极抗命，多亏他的“有力督促”，才有了这场大捷。

朝廷颠倒黑白，自毁长城，但身处抗倭一线的俞大猷却还是一心一意地打倭寇。没想到被他打败的倭寇上岸后，却把赵文华率领的大部队打得屁滚尿流，最后受处分的还是俞大猷——谁让他没在海上把倭寇消灭干净呢?

俞大猷被剥夺了世袭资格，再一次背着“戴罪立功，以观后效”的处分上了战场。

嘉靖三十五年（1556年），俞大猷被任命为浙江总兵官，又打了几场胜仗，总算拿回了世袭资格。此后他和另一位抗倭名将戚继光相互配合，收复了倭寇盘踞的岑港等地。

可惜，他是干啥啥都行，躺枪第一名。

福建籍御史李瑚弹劾直浙总督胡宗宪放跑了倭寇。胡宗宪误以为是俞大猷这个福建人给李瑚爆的黑料，转手就把罪名推到了俞大猷头上。

于是俞大猷刚恢复的世袭资格又被剥夺了，他本人也被关进了监狱，眼看就要送命。好在他的朋友用钱贿赂严党，才换来了俞大猷的释放出狱。

嘉靖三十九年(1560年)，俞大猷成为大同巡抚李文进的下属，他根据北方战场的环境和敌我双方的特点，发明出一套将步、骑、车、炮结为一体的车战之法，并在安银堡之战中以少胜多，大破敌军。立功后，俞大猷的世袭资格被二次恢复。他还说要组建战车部队，深入大漠“犁庭扫穴，大伸中国之气”，但执政的严嵩对这个想法显然没什么兴趣，这事也就不了了之了。

嘉靖四十年（1561年），俞大猷奉命南下广东平定了张琏之乱，却被毫无贡献的友军冒领了战功。俞大猷也不计较，反而第一时间释放了被张琏裹挟的百姓两万多人，让他们免受战火蹂躏，重归平静生活。

但有的事能忍，有些事却忍不了一点。

嘉靖四十一年（1562年），一支倭寇攻陷兴化府城及平海卫[①]，一时间东南震动。听到家乡遭难的消息，俞大猷心急如焚，接到调令后立刻星夜兼程赶到平海，与广东总兵刘显会合。此时浙江副总兵戚继光的部队还没有到位，有人提议立刻发动进攻，但俞大猷却又一次“忍”了下来。他专门撰写了《兴化灭倭议》来反驳“速战论”，简单概括就一个意思——对于这股禽兽不如的倭寇，光打跑是不够的，必须全部干掉，一个也别放过！

所以俞大猷顶住非议和压力，在岸上修堡挖沟，在海上严防死守，迅速完成了对倭寇的合围。当戚继光率领的部队赶到战场时，俞大猷已经把所有的战前准备都搞定了，并心甘情愿地给戚继光打下手，终于一战全歼敌人，取得了平海卫大捷。

打了胜仗后，福建巡抚谭纶第一时间给朝廷发去了捷报，先简短说明了战况，然后他又详细地写了份战后总结，认为战前周密部署、细致规划的俞大猷应该是此战首功。

但没想到这次朝廷的办事效率高得有点离谱，对于之前的报捷短消息直接秒回——谭纶升任右副都御史，戚继光升任都督同知，刘显加秩荫子，俞大猷……赏金币若干。

好消息，这次俞大猷没有背黑锅。

坏消息，他也没获得应有的回报。

后世也多将平海卫大捷归于戚继光名下，忽略了俞大猷在此战中的贡献，甚至当时就有人在俞大猷面前说戚继光是抢了他的

---

① 今福建莆田附近。

功劳，但俞大猷却说：

不然，吾惟知使只倭不归为吾闽万世之安，不知有己之劳也。

只要能杀光倭奴小鬼子，保家乡平安长久，这有什么忍不了的。

保家卫国，抗击倭寇，是俞戚二人的共同心愿，所以二人才能精诚团结，共保东南海疆的。但相比戚继光在官场上的一路绿灯，俞大猷真是一言难尽。

嘉靖四十五年（1566 年）正月，俞大猷在南澳大败海盗吴平，但由于友军不给力让吴平跑了，俞大猷被革职，一撸到底。不久他被重新起用，因功升任右都督。

隆庆五年（1571 年），向来廉洁的俞大猷竟然被人以“奸贪”罪弹劾下去了，被证明清白后他再次出任福建总兵官，但两年后又因为海盗突袭，第 N 次被免官。

但即便这样，年近七十的俞大猷也没有熄灭报国之心，他还想去和蒙古兵“碰一碰”。毕竟倭寇只是嘉靖朝需要面对的乌合之众，北方的蒙古兵才是大明真正的对手。

所以当六十九岁高龄的俞大猷听说老朋友、老上司谭纶将出任兵部尚书时，他不惜自爆隐私，给谭纶写了一封相当“三俗”的求职信。

全文很长，概括起来表达了三层意思：

1. 别以为我老了，我老伴已怀孕两个月，还有一个小妾八月要生娃，你就说我棒不棒！

2. 我现在还能一个打三十个，你就说我强不强！

3. 算命的说我今年要转运，你就说我旺不旺！

所以，赶紧把我调到北方去打蒙古兵吧！

古有廉颇求将，全力干饭；今有大猷自荐，玩命生娃。谭纶拿着俞大猷的这篇奇文真是哭笑不得——不说别的，就最后一条“转运”这个事，说出去谁信啊！

不过谭纶还是把这件事记在心里了。

万历四年（1576 年），赋闲在家四年、已经七十四岁的俞大猷再次起复，担任都督佥事，提督京城兵车营。

正当专业对口的俞大猷准备大干一场时，谭纶去世了，七十五岁的俞大猷失去了朝中唯一的支持者，他只能黯然地选择退休。朝廷赐予他一块牌匾，上书“昭代儒将”四个字，也算是对他文武双全的一种认可。

万历七年（1579 年），七十七岁的俞大猷病逝，朝廷追赠左都督，谥武襄。

俞大猷历仕嘉靖、隆庆、万历三朝，戎马生涯四十七年，一生四次罢官，两次剥夺世袭官位，一次被停发工资，一次被贬官，一次被遣返回家。有功未必赏，有过必须罚，胜利成果与他无关，失败黑锅非他背不可。

看上去，真够失败的。可是每当他被贬官，被罢官，被遣返的时候，百姓为了感念他的恩德和仁政，曾先后七次为他立生祠或立碑纪念，甚至尊称其为“俞佛”。从这个角度来说，他又似乎并不那么失败。

李贽

◎ 叛逆，就是我的墓志铭

万历皇帝朱翊钧是出了名的翘班狂魔，创造了二十八年不上朝的世界纪录。

但不上朝不代表不干活。万历三十年（1602年）闰二月乙卯这一天，东林党骨干、礼部给事中张问达呈上的一封“举报信”就引起了皇帝的兴趣。

信中说有个叫李贽的前官员，退休后竟然当了花和尚，道德败坏，禽兽不如……

万历皇帝是懒，但他可不傻。这不过是弹劾政敌时的常见话术，看看得了。但当皇帝读到李贽的书“流行海内，惑乱人心”时，那就真的有点坐不住了。因为李贽写的畅销书里宣扬的观点大概是这么个画风：

《孔子也就那么回事》……

《五年科举，三年模拟，进士没啥了不起》……

《夫妻才是今生伴，父母也得靠边站》……

《谁说女子不如男，妇女能顶半边天》……

《上上人和下下人，谁也不比谁高贵》……

好家伙，这是哪位穿越者特意来封建社会砸场子的吧，也太挑战皇帝这个行业的职业底线了。而且按照张问达的说法，现在李贽就住在通州他一个狂热粉的家里，都逼近北京六环了。对于这样一个潜伏在自己眼皮子底下的“坏分子”，万历皇帝下旨以“敢倡乱道，惑世诬民”的罪名，令东厂和锦衣卫缉拿李贽，并全面销毁李贽的所有著作，不得有误！

对此李贽表示，我预判了你的预判。因为他给自己书起的名字是：《焚书》《藏书》《续藏书》《续焚书》。

我写这些书，早就做好了被雪藏、被焚毁的准备。

这就是精神状态遥遥领先大明四百年的李贽。

李贽[①]，福建泉州府[②]人。他出身于一个世代经商的海商世家，祖上曾信仰伊斯兰教，并和外国女子通婚，所以他身上多少可能带点混血[③]。

但是到了李贽这一辈时，老李家已经家道中落。他幼年丧母，父亲是个教书的秀才，李贽从小就跟着父亲教的学生一起读书识字，开始接受传统的儒家教育。

多年后李贽回忆自己童年的成长经历时，认为故乡泉州的沿海生活对他的性格塑造有很大的影响。

泉州地处东南沿海，历史上一直是华夏重要的对外通商口岸，

① 《凤池林李宗谱》记载李贽原名林载贽，后改姓李。为避明穆宗朱载垕（hòu）讳，改名李贽。

② 今福建泉州。

③ 李贽的族属存在争议，一说为“汉族”，一说为“回族”。

中外不同文明在这里交流互鉴，多元并存，为叛逆精神提供了生长的土壤。而自幼性格倔强的李贽就是这种反叛精神的最佳代言人，无论是程朱理学还是神仙鬼怪，他一概不信，尤其讨厌满口仁义道德的道学先生。

李贽的不同，主要体现在他对儒家传统经典的叛逆上。有一次李爸爸上课讲《论语》，讲到了“樊迟问农[①]”。别的小朋友学完了这段，好一点的能全文背诵，差一点的也不懂装懂。但李贽却专门写了一篇《老农老圃论》，公开批评孔夫子轻视农学的言论。

李爸爸：来来来，教鞭给你，你来教！

这一年，李贽才十二岁。

李爸爸虽然表面不动声色，却偷偷把儿子的文章拿给朋友们看，大伙看了都表示这孩子吧，嗯，真有性格！

对孔子的言论李贽都敢质疑，更别提之后的程朱理学了。这让李贽难以全身心地投入学习中，所以他也承认自己“稍长，复愦愦，读传注不省，不能契朱夫子深心”。

这么看来，李贽的科举之路是走不通了。

那可未必，别忘了，李贽可是教书先生的孩子啊，这让他很早就掌握了考试选拔的底层逻辑：

此直戏耳。但剽窃得滥目足矣，

主司岂一一能通孔圣精蕴者耶！

---

① 《论语·子路》樊迟请学稼。子曰：“吾不如老农。”请学为圃。曰：“吾不如老圃。”樊迟出。子曰：“小人哉，樊须也！上好礼，则民莫敢不敬；上好义，则民莫敢不服；上好信，则民莫敢不用情。夫如是，则四方之民襁负其子而至矣，焉用稼？”

真是好笑，所谓的金榜题名，无非是滥竽充数的抄袭，就算是阅卷老师也未必都是精通儒学的真大师啊。

反正闲着也是闲着，李贽就把历年来的优秀范文全找来，每天逼着自己背几篇，临上考场时他已经背了五百篇左右的满分作文了。上了考场的李贽要做的只有一件事——复制粘贴，洗稿裁切，根据考试题目硬往上凑，哪篇能用就抄哪篇。

嘉靖三十一年（1552 年），二十六岁的李贽首次参加科举就高中举人。

按照正常的流程来说，考中了举人之后就要接着考进士。但李贽却突然表示，就到这里吧，能混个工作养家糊口就得了[①]。

李贽获得的第一个官职也非常的专业对口。他在嘉靖三十五年（1556 年）出任河南辉县县谕，也就是县教育局局长，主管全县的教学和考试。此后几年李贽先后担任南京国子监博士、礼部司务、北京国子监博士等职，但他依然过得穷困潦倒，甚至时不时还得重操旧业，借场地开高考补习班来贴补家用。

嘉靖四十三年（1564 年），李贽因祖父去世而离职，他第二个儿子也在困厄中去世了。

眼下还得想办法让剩下的家人活下去。李贽把朝廷发的丧葬费和朋友们随的份子一分为二，一半在辉县买了一小块地让妻女耕种，一半留着当路费和安葬家人的费用。

接下来李贽留在泉州守孝，妻女则在河南种地。

---

① 据《卓吾论略滇中作》，有争议。有观点认为李贽也曾参加过进士科考试。因《大明会典》规定举人必须参加两次会试不中，才能向吏部申请委派官职。

但没想到辉县的官员因为勒索不成，竟然切断了全县的灌溉用水。李贽和他们争论，辉县方面说看在李贽也是前同事的情分上，可以给李家单独供水。但李贽却表示：

嗟哉，天乎！
吾安忍坐视全邑万顷，而令余数亩灌溉丰收哉！
纵与，必不受，肯求之！

李贽坚持要给全县的百姓供水，结果当地官员恼羞成怒，把给他的优待也取消了。

李贽妻女耕种的那块地因为缺水只收获了“数斛稗”，也就是又少又小的一点杂粮，导致他的二女儿和三女儿也因饿病而夭折。

等到李贽守孝结束，来到辉县和家人团聚时，一进门只见到妻子和大女儿，忙问另外两个孩子呢？

妻子黄氏不说话，只是一个劲儿地抹眼泪。李贽才知道自己又失去了两个孩子。李贽一生有过四子三女，最终也只有这个大女儿活到成年。

那一夜，经年未见的夫妻二人秉烛相对，无语凝噎，真如梦寐矣。

万历五年（1577 年），李贽离开南京，调往云南，升任姚安府[①]知府，官居四品之位，这是李贽一生中担任过的最高官职，这一年，他五十一岁。

---

① 今云南楚雄彝族自治州。

在去云南赴任的途中，李贽专门来到湖北黄安的好友耿定理家，他把大女儿和女婿托付给耿家，然后就自己带着媳妇黄氏去姚安上任了。

姚安在先秦时属古滇国，于汉武帝元封二年（前109年）纳入华夏版图，自古便是中央政府管辖西南边陲的政治重镇。

汉代大才子司马相如到过这里，唐代大诗人骆宾王也在这里待过。明代的姚安交通闭塞，民族杂居，土司豪横乡间，官民矛盾尖锐。

李贽到任后不久就在知府大堂门外的柱子上写下了两副对联①：

一副写民间疾苦——从故乡而来，两地疮痍同满目；当兵事之后，万家疾苦总关心。

一副写为官之道——听政有余闲，不妨甓运陶斋，花栽潘县；做官无别物，只此一庭明月，两袖清风。

李贽在姚安奉行顺民宽意，无为而治的理念，甚至善用逆向思维来解决问题。比如当地人信奉火神，经常上香祭拜，因用火不慎频繁引发火灾。引发火灾后百姓以为是火神发怒了，就更频繁地上香，然后又引发了新的火灾，这直接陷入死循环了。

李贽就“用魔法打败魔法”。

李贽：本官得到了“火神”的指示，姚安之所以火灾频发，就是因为你们不够虔诚！

当地百姓：啊？不可能啊。

---

① 《李贽研究参考资料（第二辑）》第248页《附录：云南等地所见李贽诗文选集》，福建人民出版社1976年版。

李贽：怎么不可能！看看你们这乱七八糟的祭台，什么东西都乱放，一点也不肃穆整齐，赶紧把房前屋后的杂物都收拾干净！

当地百姓：哦，有道理啊！

李贽：还有啊，祭祀火神这么虔诚的事，怎么能上完香就走呢，那必须得全程在场啊。不然神明怎么能看到你们的真心？

当地百姓：哟，可不是嘛！

李贽：以后盖房子多用石头少用木头，房间距大一点，多挖点蓄水池……别问，这都是神明的指示！另外本官决定特批一块地给大家建一座“光明宫”，以后大家都到这里来祭祀火神，人多了有气氛，神明也开心，大家说好不好？

当地百姓：都听您的！

这些措施一一落实后，在李贽任内姚安再也没有发生过火灾。当地百姓都说李知府太神了。

那肯定啊。清理易燃物，点火不离人，留出防火通道，储备消防水源……今天的消防宣传也是这么说的啊。

就这样，这个崇拜火神的习俗也一直在当地流传，直到今天云南各地的火把节也是闻名中外的狂欢节。

除此之外，李贽还在姚安西边的连水上修了一座桥，打通了两岸的交通往来，为姚安与外界的交流做出了巨大的贡献，后来人们将这座桥命名为“李贽桥”。同时李贽还在当地的德丰寺开办三台书院，并亲自上台讲课。

李贽对当地汉夷各族一视同仁，招收学生不分贵贱，无论民族，不管男女，无关职业，只要想入学，都可以来听课。

就像他在《念佛答问》中说的那样：

天地与我同根，谁是胜我者？
万物与我一体，又谁是不如我者？

李贽的付出和努力从根本上改变了姚安文化衰落、人才缺乏的历史，此后姚安涌现的一代代文人学者，都得益于李贽留下的文化遗产，甚至在后世形成了一个深受李贽影响的“姚巂学派”。

李贽在姚安干得很好，甚至有点太好了，以至于他三年任期将满要辞职时，巡按刘维竟然不批准。

刘维劝李贽说，你这样的好官不应该辞职。就算要辞职，起码再等两月，让我把你的工作总结报上去，这也算光荣退休，功德圆满啊。

但李贽却坚持说：

去即去耳，何能顾其他？

人啊，不能既要，又要。

在李贽的强烈要求下，他的退休申请终于获得了批准。当他离开姚安时，行李中仅图书数卷，依依不舍送别他的姚安人却站满了道边。

对于自己长达二十五年的仕宦生涯，李贽给出了一句话的评语：

五十以前真一类犬也。

以前的我，活得好像一条狗啊。从现在开始，我要活得像个人，一个真正为自己而活的人。

辞官之后的李贽没有返回福建老家安度晚年，而是直奔湖北黄安找好朋友耿定理去了。

耿定理在城外的五云山上有个天窝书院，李贽就在书院里边教书边写书，他的《焚书》《藏书》等著作的大半书稿都是在这里写完的。

李贽此时的思想深受阳明心学中的激进派——泰州学派的影响，也融合了很多佛教因素，变得比最激进的激进派还激进，连异端见了都得骂一声异端。

而耿定理的哥哥耿定向恰恰是当时的理学大师，对孔孟圣贤之说顶礼膜拜，两人经常因思想冲突而吵成一团，全靠耿定理在中间调和。

但万历十二年（1584 年）七月，耿定理在黄安病逝，李贽和耿定向的私人关系虽得到修复，但两人的思想分歧实在太大，既然如此，还是保持距离吧。

第二年三月，李贽在友人的帮助下迁居麻城，却把家人都送回了泉州老家。

按照古代的习惯，当过四品官的李贽一旦回到家乡，就得担负起照顾整个家族的责任。但他从来没把读书做官、敛财买田，壮大家族当作生活的必然。极度标榜个人价值的他，誓要挣脱一切宏大叙事，无论是官僚体制，还是家族观念，都别想困住他。

缘我平生不爱属人管……我是以宁飘流四外，不归家也。

李贽的这种行为，对于家族来说无疑是一种背叛。因为他没儿子，李家还强行给他指定了一个侄子当继承人。但李贽却并没有那种“家里有皇位需要继承”的重男轻女观念，他觉得有大女儿在就足够了，还特意在提前写好的遗书中声明：

李四官（李贽继子）若来，
叫他勿假哭作好看，
汝等亦决不可遣人报我死。

简单来说就是，别来沾边！

李贽一个人在麻城著书立说，开坛讲学。他延续了在云南的教学风格，士农工商，各色人等，只要想来听课的他都欢迎。他甚至敢于收女弟子，还让男女学生一起上课，全然不管什么男女授受不亲的禁忌，要知道四百多年后的民国时期，男女同校都是阻力重重，更何况是明代呢。

有人攻击他伤风败俗，说女人“头发长，见识短”，就不是读书的材料。

李贽：你们大老爷们把女子圈在家里大门不出二门不迈，你也没给女子见识世界的机会啊！

他还专门在《初潭集》里列举了二十五个古往今来的杰出女性，指出女子只要有机会，做出来的功业照样不比男人差！除此之外他还称赞卓文君私奔的勇气，夸耀女诗人薛涛的才华，甚至直接从哲学范畴提出了“万物皆生于两”，将夫妻关系摆在一切关系的首位，反对传统的“三纲五常”和“男尊女卑”。而他和妻子黄氏举案齐眉四十多年，虽无子，也终生未纳妾。

动摇男尊女卑的“优良传统”已经够让道学家们血压升高了，李贽为了指导学生高考，竟然专门写了一部著作叫《说书》，就是教人怎么备考科举，怎么高效轻松出色又得高分地写八股文，堪称课外补课届的金牌讲师。用李贽自己的话说就是：

出词为经，落笔惊人，我有二十分识，二十分才，二十分胆。

这还没完，李贽竟然还提出不以“孔子之是非为是非[①]”，真理也要具体问题具体分析。这更是惹恼了那些卫道士们，他们说“天不生仲尼，万古如长夜”。

李贽：怎么的，孔子没出生之前大伙都是黑灯瞎火地过日子呗？

就这口才，不去说脱口秀都浪费了。

类似这样“离经叛道”的言论还有太多太多，什么“穿衣吃饭即人伦物理”“庶人非下，侯王非高”等等，每一条拿出来都能引发一场舆论大战。

中国人嘛，就爱看个热闹。双方的论战迅速吸引了海量的吃瓜群众，这让李贽收获了大批粉丝和追随者，他四处游学讲座，每到一个地方都能吸引大批听众。他写的书一经出版就成霸榜的畅销书，同时社会上对他的非议也越来越多，泉州老家的人也总逼他回家为家族做贡献。

而李贽对此的反应是：哎呀，头发好痒，洗头好累，我干脆全剃了吧！

---

① 《藏书世纪列传总目前论》。

万历十六年（1588 年），李贽搬到龙潭湖的芝佛院，直接给自己剃了个光头，不过胡须还是留着。

一个冷知识——古装电视剧里长胡子的少林寺长老是胡扯，因为汉传佛教的出家人头发和胡须都得剃掉。

剃发不剃须，离家不出家。李贽虽然以老僧自居，却在佛堂里挂着孔子的画像。他不念经不打坐，照常喝酒吃肉，骂起人来也是火力全开，毫无保留：

> 阳为道学，阴为富贵，被服儒雅，行若狗彘然也[①]。

李贽主张“童心论”，要做最真实的自己，所以不屑于遮掩自己的好恶。

他甚至是个有点洁癖的人，这既指身体上，也指精神上。李贽最喜欢的娱乐活动是扫地，恨不得一天扫一万多遍。这导致李贽家扫帚的阵亡率出奇地高，好几个人编出来的扫帚，都不够他一个人用的。他的衣服也永远都洗得特干净，每天洗脸洗澡必不可少，好像离了水一秒都不能活一样。

遇到欣赏的人，李贽眉开眼笑，是个开心果；遇到讨厌的人，李贽光速闭麦，像个受气包。有些“俗客”主动来拜访，李贽就非常潦草地一拱手，然后说：你，坐得离我远点。

客人不解，问为什么。

李贽一翻白眼，说：我嫌你又臭又脏，别让你的假道学熏着我！

可一旦遇到欣赏的人，李贽又会变得格外热情和主动。

---

① 《续焚书 · 三教归儒说》。

万历二十七年（1599 年），李贽去南京拜访好友、万历十七年（1589 年）殿试的状元焦竑时，遇到了一个外国传教士，名字叫利玛窦。

李贽对博学多才，能言善辩的利玛窦很感兴趣，竟然破天荒地主动上门拜访，并赠给利玛窦两把亲笔题诗的扇子，其中一首为：

逍遥下北溟，迤逦向南征。刹利标名姓，仙山纪水程。
回头十万里，举目九重城。观国之光未，中天日正明。[①]

对自居异端的李贽来说，他虽未必认同利玛窦的传教，但希望能用利玛窦带来的西方文化，为晚明教条化、伦理化、虚伪化的儒家学说带来一丝突破和改变。

但他的反对者们已经忍无可忍，官府和民间联合起来迫害李贽，公然放火烧毁了麻城的芝佛院，还有李贽计划要埋葬尸骨的藏骨塔。

万历二十九年（1601 年）春，李贽被朋友马经纶接到北京通州暂住。李贽拖着病体继续修改书稿，讲学论道，又吸引了一大批追随者，这才有了张问达写给万历皇帝的那封举报信。

耐人寻味的是，那些迫害李贽的官员也不是经典的坏人，甚至很多都是为民请命的好官，道德无缺的君子。

但越是这样，他们就越不能放过李贽，因为异端向来比异类更可怕。

李贽已经做好死在监狱里的准备，可万历皇帝并没打算杀他，

---

① 《赠利西泰》。

而是要把他押解回老家福建，并焚毁封禁他的著作。李贽听说后，叹了口气说：我年七十有六，死以归为？

这么一大把年纪了，死在哪儿不是死呢。

三月十五日，李贽跟看押的人说自己要剃头。看守一看他这个和尚造型，觉得这个要求也蛮合理，于是就给他找来了理发师。

但李贽却乘人不备，一把夺下剃头刀，口念一偈：壮士不忘在沟壑，烈士不忘丧其元。

然后挥刀割断了自己的喉咙。

因为伤口不够深，李贽流血二日而死。临死前狱卒问他：老和尚为何求死？

已经说不出话的李贽沾着自己的血，在狱卒手中写下：

七十老翁何所求？

其实还真有。

李贽认为“天下第一等好死”乃是英雄之死，如果思想的战争同样需要用鲜血来献祭，那就从我李贽开始吧。

秦良玉

◎ 始信英雄亦有雌

崇祯帝朱由检不是个爱写诗的皇帝。当然，这不是说他没有写诗的水平，而是他实在是没有写诗的心情。毕竟他这个皇帝当得可是相当闹心，每天一睁眼就听到各种铺天盖地的坏消息，哪有闲工夫沉迷于诗情画意。

但崇祯三年（1630年）的一次平台召对[①]上，崇祯皇帝在接见总兵秦良玉时竟然一口气连写了四首诗，并且在诗里把除他自己之外的所有老爷们全都阴阳个遍：

“由来巾帼甘心受，何必将军是丈夫。”
“世界多少奇男子，谁肯沙场万里行。”
“凯歌马上清平曲，不是昭君出塞时。”
“试看他年麟阁上，丹青先画美人图。”

---

① 平台又名云台，在建极殿（今保和殿）居中向后，有一座云台门，以隔外朝与内廷。其位置在三台之上，两旁向后分别为云台左门、云台右门。平台召对，是明朝的一个议事制度，每有军国大事，皇帝便在此召对或召见要臣，咨议对策。

也难怪崇祯皇帝如此破防，因为在他看来，大明的男儿是真没几个能指望得上。

几个月前，后金军突破喜峰口长城，兵临北京城下。崇祯帝急忙下旨各地军队进京勤王。但各地的明军要么装聋作哑，要么弄虚作假，反正没人真的乖乖听话。只有远在三峡的总兵秦良玉夫人，不远千里，自费进京来保家卫国。

注意，不是总兵秦良玉的夫人，而是担任总兵的秦良玉夫人。

因为夫人是她的封号，而总兵才是她的职务。

这位被称为“巾帼英雄”的秦良玉，是二十五史中唯一一位和男子并列“将相列传”的女将军①。

秦良玉，字贞素，晚明四川忠州人②。她父亲是卫所的世袭武官，同时也是个岁贡生，就是在国子监读书的保送生，平日里喜欢读书，尤其擅长兵法韬略。

事实证明，知识的确能改变命运。因为读了书，眼界和格局自然比一般人开阔。秦爸爸虽然淡泊名利，隐居在忠州鸣玉溪畔，过着与世无争的日子，但他已经敏锐地观察到天下大乱的趋势。所以秦爸爸一边教授子女经史章句，读书明理；一边传授他们兵法韬略，骑射武艺，希望他们以后能在天下有事的时候，拿起武器，保家卫国。

为什么让女儿秦良玉也跟着学武？秦爸爸一开始想得很简单。他曾对女儿说：你一个弱女子，为父为何要教你武艺？只是想让你学点防身的手段，以免被人欺负。

---

① 第一位名列正史的女将军为冼夫人，见《隋书·列女·谯国夫人传》。而《明史·列传第一百五十八·秦良玉传》与有明诸文臣武将并列，并不在《明史·列女传》目录之下。

② 今重庆忠县。

但秦爸爸没想到，女儿秦良玉竟然是所有子女中学得最好的那个。

因为她这个女子，可一点都不弱啊。

清代人曾亲眼见过崇祯帝御赐给秦良玉的红袍，目测比一般人的尺寸都要大一码。另据秦良玉留存至今的战袍及兵器尺寸推测，秦良玉的身高至少有一米七，甚至可能超过一米八五[①]，远超当时男子的平均身高（约 1.65~1.67 米）。她是位身材高大，孔武有力，能手持八十斤重的双剑策马冲锋的实战型选手。

秦爸爸也曾感慨地表示，这姑娘比哥哥弟弟都强得多，唯一可惜的是个女孩。

但秦良玉却不这么认为：

使儿得掌兵柄，夫人城、娘子军不足道也[②]。

她觉得自己的性别和保家卫国这件事并没有什么冲突。她最崇拜的就是东晋坚守襄阳的韩夫人、隋朝安定岭南的冼夫人和开创史上第一支娘子军的李唐平阳公主。

对于女儿的远大志向，秦爸爸并没有粗暴打压，而是顺其自然，甚至将自己毕生所学倾囊相授。在父亲的教育和影响下，秦良玉不但熟读兵书，精于骑射，而且还兼通词翰，气度娴雅，成了远近闻名的才女和侠女。

---

① 秦良玉蓝缎平金绣蟒袍现藏于重庆中国三峡博物馆。现衣长 170 厘米，但其中有 60 厘米为后世修补，故原衣长存在争议。由此反推秦良玉身高应在一米七到一米八五之间。

② 《书明都督总兵秦良玉轶事》。

万历二十三年（1595 年），二十二岁的秦良玉嫁给了石砫土司马千乘。如今重庆一带还流传着秦良玉比武招亲、马千乘雀屏中选的故事。这件事虽然在正史上并无记载，但确实是很符合秦良玉两口子的风格和人设。

马千乘自称汉伏波将军马援的后人，世袭石砫宣抚使，也就是俗称的“土司”，是元、明、清时期在西北和西南地区设置的由少数民族首领充任并世袭的官职。

结婚后小两口并没有因为儿女情长而英雄气短，秦良玉建议丈夫说，如今这世道不太平，咱们石砫正处在四川、湖北交界的咽喉要道上，不能不早做防备。

这就是秦良玉的远见卓识。乱世中虽然“手里有粮，心里不慌”，但也可以“手里有枪，遍地粮仓”。除了保境安民，更要立功四方，必须有一支能保护自己的武装。

所以夫妻俩就利用农闲时间选拔士兵，严格训练，打造出一支战斗力很强的“特种山地作战部队”——白杆兵。

这支部队装备一种特殊的长矛，矛头有钩，尾端有环，在崇山峻岭之间可以前后相连，攀缘而登，翻山越岭如履平地。因为长矛以白木为杆，故被称为“白杆兵”。

秦良玉和马千乘的未雨绸缪，很快就派上用场了。

万历二十七年（1599 年），总督李化龙征调兵马攻打叛乱的播州[①]土司杨应龙，这就是史称“万历三大征”中的“平播之役”。

马千乘作为石砫土司也在征调之列，他率领的三千石砫土司兵的粮饷是朝廷负责。秦良玉则自掏腰包，额外带领五百亲兵随

---

① 今贵州遵义。

丈夫共赴国难。

第二年正月初二，为了庆祝明军在邓坎[1]打了胜仗，也为了好好过个年，明军搞了一次盛大的年会聚餐。

马千乘正要去赴宴，妻子秦良玉却突然嘱咐了他一句：一会儿别喝醉，随时等我消息！

这不是秦良玉管着家里男人不许他贪杯，而是她敏锐地察觉到明军如此放松警惕，很容易被叛军钻空子。秦良玉也想提醒明军高层，但她和丈夫人微言轻，就是想提醒也不知道跟谁说啊。

为今之计，只能靠自己了。

所以秦良玉一面派出警戒，一面带领白杆兵埋伏在敌人的必经之处，并提醒丈夫随时准备投入战斗。没有意外大家就好好过个年，万一真有敌人来袭……

嗯，大过年的，来都来了，也就别走了。

夜半时分，当欢庆的宴饮达到高潮时，敌人真的来了。

秦良玉一边阻击敌人，一边派人去通知酒席上的丈夫和其他人。马千乘没喝多少酒，所以第一时间赶到战场参加了战斗。其他的明军官兵则早都喝得东倒西歪，晕头转向，根本指望不上。

如果不是秦良玉机警，明军恐怕就让敌人一锅端了。秦良玉和马千乘不但带领白杆兵反杀了偷袭的叛军，还趁势追击，一口气攻破了七座城寨。

这场大胜让坐镇重庆、总督军务的李化龙也赞叹不已。以往的土司出兵，报名领军饷的时候人满为患，真到了战场上却又人

① 今贵州凤冈县南。

手不足，完全就是来骗补助的。而秦良玉身为妇人，却自费参战并立下战功，拳拳爱国之心真是让人感动。

于是李总督在给予夫妻俩诸多赏赐之外，又特意下令打造一面银牌赏赐给秦良玉，上写“女中丈夫”四个大字。李总督还承诺等仗打赢了，一定把夫妻俩的功劳好好往上报一报。

之后秦良玉和马千乘夫妇配合友军连战连捷，为“南川路战功第一”，但李总督答应的报捷请功却并没有做到。

这不是因为他们不够优秀，而是因为太优秀了。相比秦良玉夫妻俩，南川一路其他明军的表现实在是太辣眼睛。这个战后总结就不好写了，因为大家都烂还好交代，一枝独秀可不好解释，李总督为了不得罪人，也只能隐匿了秦良玉夫妇的战功不报。而两口子对此却并不在意，泰然处之。

但悲哀的是，这样的好人，却不一定有好报。万历四十一年（1613 年），马千乘因为拒绝向皇帝派来的太监邱乘云行贿，被捏造罪名，关进监狱迫害而死，年仅四十四岁。

丈夫含冤而死，对秦良玉而言是个沉重的打击。但她并没有时间自怨自艾，夫妻俩唯一的儿子马祥麟当时年纪太小，无法袭父亲的职位。于是秦良玉按照土司“子幼则妻袭的惯例”，代理石砫宣抚使之职。

从此以后，秦良玉卸下女子裙钗，身披戎装战袍，就连她身边的侍女也做男装打扮，跟着她上阵杀敌，一度还被不明真相的猥琐文人谣传为她豢养的“男妾”①。

---

① 清道光《补辑石砫厅新志 · 艺文志》收录“《金缕曲 · 于役石柱谒秦夫人庙》四阕”第二首有“疑男妾，戎装婢”，注曰：夫人袭职后即卸裙钗，易冠服从戎。侍女皆改男装，而《蜀碧》等书遂以男妾诬之，不亦异乎？

秦良玉接过了丈夫马千乘留下的重担，继续带领土司兵战斗在保家卫国第一线。白杆兵在她的带领下不但作战勇猛，令行禁止，而且纪律严明，爱民如子。相比普遍拖薪欠饷，军纪败坏，“遇寇即逃，乏饷即躁”的大明官军，秦良玉这个边陲土司带领的白杆兵反倒更像是正规主力部队。

公元 1620 年，是个神奇的年份。这一年肯定是万历四十八年，差点是泰昌元年，最后变成了天启元年的前一年。

短短四个月的时间里，大明朝就换了三个皇帝，怎么看都不咋吉利。后金也在此时连续攻陷开原、铁岭，进围辽东重镇沈阳。

此前秦良玉已经接到朝廷调令，正同哥哥秦邦屏、弟弟秦民屏和儿子马祥麟分批赶赴辽东战场。

各路明军汇聚北京附近时，没有一团和气，共同对敌，反而因为地域歧视互开地图炮而大打出手。先是川浙两军在通州用枪炮激情对射；然后浙兵又和辽兵发生冲突，虽然不能说造成多大伤亡，但总归军心动荡。

秦良玉只能留在北京收拾烂摊子，顺便对接军饷补给、后续出兵等事务性问题，白杆兵就在秦家兄弟和儿子马祥麟的带领下，会同之前打过架的浙兵和辽兵出关作战去了。

当明军抵达时，后金已经轻松夺取了沈阳。白杆兵一马当先渡过浑河，直面自起兵之日起就未尝败绩的八旗精锐。

这群从西南远赴东北的巴人后裔，手执长矛，以步对骑，在重重包围中呐喊着敌人听不懂的口号，连败后金红甲喇军、白旗军以及努尔哈赤最精锐的黄旗军，顶住后金精锐的三次冲击，杀伤敌兵数千，击毙后金军参领三人，俘虏参将一名，游击两名。

但由于明军各自为战，白杆兵得不到有效的支援，最终倒在了后金的第四次冲锋之下。马祥麟被射瞎了一只眼睛，但他忍痛拔出箭矢后仍坚持作战，秦邦屏当场战死，秦民屏重伤突围，白杆兵阵亡一千多人，但也给予了后金沉重打击，被称为“辽左用兵以来第一血战”，得到了时任兵部尚书张鹤鸣的称赞。

浑河血战后，秦良玉顾不上心疼亲人及白杆兵的伤亡，第一时间拿钱赶制了1500件棉衣给幸存的将士，然后率领剩余的部队驻防榆关（即山海关），抵御后金。

此战过后，天启皇帝朱由校赐秦良玉二品服，并册封她为诰命夫人，让她返回四川征兵。

但她一回四川，就又赶上了一场大叛乱。

天启元年（1621年）九月，永宁[①]土司奢崇明发动叛乱，一度占领重庆，围攻成都，四川全境告急。四川巡抚朱燮元传檄各土司发兵救援，但没人响应。因为大多数的土司要么和奢崇明有亲戚关系，要么拿了奢崇明的好处，所以对朝廷的命令全当没听见。

忠州判官胡平表从重庆逃出后，亲赴石砫哭求秦良玉出兵平叛。而奢崇明听闻秦良玉回来了，也派人拿着金银财帛来贿赂秦良玉，希望她跟着自己一起造反。

面对一脸谄媚的使者和动人心魄的财宝，秦良玉破口大骂道：

贼奴，敢污我耶？

秦良玉当然不会和叛贼同流合污，但她也不会平白拒绝敌人送来的“军饷”。她当场把奢崇明送来的财宝给手下分了当赏钱，然后带着大伙去打奢崇明了。

---

① 今四川叙永县西南。

秦良玉以六千人马孤军西进解围成都，然后马不停蹄地回师向东，破关斩将，收复重庆，连续挫败十万叛军，取得了平叛的彻底胜利。战后明廷封赠她为一品夫人、都督佥事、充总兵官，正式成为有编制的朝廷将军。而她原本代理的石砫宣抚使之位也由儿子继承。

由于四川的局势始终不稳，秦良玉一直驻守西南，直到崇祯三年（1630 年），清军大举进攻，攻克京师近郊的永平四城。秦良玉才再次起兵勤王，而且又自掏腰包垫付军饷和路费。

秦良玉率领的白杆兵一路北上而秋毫无犯，驻扎于北京宣武门外。后人将秦良玉驻军处称为“四川营”，后改为“四川会馆”，馆内供奉着秦良玉的神位，其向西并排的九条胡同，都是白杆兵的营房。因为秦良玉是自费来参战，为了节省开支，她就带着自己手下的五百名妇人纺棉织布，贴补军饷，所以后世称这些胡同为“棉花胡同”，一直到今天也是如此。

清军被击退后，为表彰秦良玉出生入死的救驾之功，崇祯皇帝亲自召见了她。

当年过半百的秦良玉身着蜀绣锦袍，冠带黑靴，如男子般昂扬上前，叩拜皇帝时，一向对臣下刻薄挑剔的崇祯皇帝也感动了，所以才有了开头那一幕，又是赏钱，又是赐诗的。

后来秦良玉奉命返回石砫，专守四川。她回到石砫后第一时间在土司署内修建了一座“玉音楼”，将崇祯帝所赠御诗供奉在楼内。

此时的大明已经是风雨飘摇，张献忠、罗汝才为首的农民军纵横川楚。秦良玉与返回四川的儿子马祥麟前后夹击，大败张献忠，逼得老张不得不退败湖广，接受了朝廷的招安。

崇祯十三年（1640 年），张献忠联合罗汝才再次造反，秦良玉率军出击，利用白杆兵出色的山地机动能力突袭罗汝才，夺取了罗汝才的帅旗，生擒了他的二当家，杀伤俘虏众多，直接导致了罗汝才军的衰亡。

但秦良玉再能打也没用。当时大明朝可以说是烂到根里了，人称“文官贪钱不怕死，武将怕死又贪钱”。更糟糕的是一线作战的各级官员也互相推诿，彼此算计。当时督师杨嗣昌和四川巡抚邵捷春矛盾重重，秦良玉在不懂军事的邵捷春的胡乱指挥下，被迫仓促迎战张献忠，所率三万人全部战死。

战败后的秦良玉第一时间找到邵捷春，提出可以再征召两万士兵二战张献忠。秦良玉甚至表示，这两万人的粮饷官府只需要出一半就行，剩下的一半我砸锅卖铁也给补上，行不?

但邵捷春却两手一摊，没钱，谢谢，恕不远送。

秦良玉：……

崇祯十六年（1643 年），张献忠攻陷武昌后，再次进犯四川。秦良玉赶紧将四川的城池关隘、地理形势绘制成军事作战图，向新任巡抚陈士奇提议增兵固守险要关隘，将张献忠的大军挡在川外。

人人都知道，四川那个易守难攻的地形，只要掐死几个关键点，完全可以实现一夫当关，万夫莫开的效果。

但陈士奇之昏庸无能，竟然对秦良玉的正确意见毫不理睬。

不甘心的秦良玉又找到巡按刘之勃。刘之勃表示这个作战方案非常好！但是我没钱没兵，谢谢，恕不远送。

秦良玉只能孤军奋战，终因寡不敌众被张献忠击败。张献忠长驱直入，占据四川后建立大西政权，派出使者四处招降四川的土司，却唯独不敢来石砫。

因为秦良玉早就放出话来：

有从贼者，族无赦！

其实秦良玉已经为大明做了太多——丈夫马千乘平叛建功，含冤身死；长兄秦邦屏血战浑河，马革裹尸；弟弟秦民屏平定奢安，血洒疆场；儿子马祥麟战损一目，殉职襄阳；其他兄弟子侄和石砫土司兵中为国捐躯者，更是数不胜数。

秦良玉虽无力挽大厦之将倾，但始终不肯背弃自己心中的大义。在全蜀沦陷的情况下，她依然发布《固守石砫檄文》，誓要与叛贼抗争到底。张献忠也表示惹不起，就随她去。

不久，崇祯帝殉国的消息传来，秦良玉惊闻噩耗，哀痛至极。然后就是吴三桂引清军入关，李自成身死湖北九宫山。南明山头林立，隆武帝和永历帝都曾派人来联络秦良玉反清，重病在身的秦良玉每次都是有求必应，全力配合。

奈何南明实在是不给力，大清席卷天下已成定局。

在生命的最后岁月里，秦良玉发誓绝不踏上清朝的土地，为此她把自己关在供奉着崇祯帝御诗的玉音楼里，每天睹物伤情，怀念故国。

清顺治五年（1648 年），秦良玉病逝于石砫，享年七十五岁，死后葬于城东十五里的回龙山上，墓碑上刻有“秦良玉之墓”，旁边刻有“明上柱国光禄大夫镇守四川等处地方提督汉土官兵总兵官挂镇东将军印中军都督府左都督太子太保忠贞侯[①]”。

---

① 有争议。一说为“忠州侯”之误。

这字数超长的墓碑题字，恰是她一生戎马、满门忠烈的最好纪念。

所以后来清朝编纂明史时才没有把她放在“列女传”，而是和男子一样名列“将相列传”，视其为巾帼英雄、女中名将，民间还出现了大量专门歌颂她的戏剧和诗歌。到了清末民国，随着妇女解放和革命思想的传播，秦良玉的故事被更多人传颂，尤其是在抗日战争时期，她的战斗精神也激励着无数女性投身到全民族抗战之中。

近代民主革命志士秋瑾在少女时代曾写过一首《题芝龛记》，可能是对秦良玉一生的最佳概括：

莫重男儿薄女儿，平台诗句赐蛾眉。
吾侪得此添生色，始信英雄亦有雌。

孙传庭

◎ 拿什么拯救你，我的大明

万历四十七年（1619 年）的大明王朝，很不好。

明神宗朱翊钧依然在忙着打破“旷工时间最长的皇帝”的纪录。此时大明已经陷入了肉眼可见的系统性危机，偏偏又遇上了一头避无可避的“灰犀牛[①]”。这一年，后金天命汗努尔哈赤在萨尔浒之战中以少胜多大败明军，并在之后的岁月里逐渐超越北方的蒙古诸部，成为大明的头号对手。

这一年同时也举行了大明乙未科科举考试。对大多数学子来说，辽东打了个大败仗又怎样，自己能考出个好名次才是最重要的。

但风云激荡之时必有勇于亮剑之人。在这一年录取的进士中，就出现了两位战斗力爆棚的猛人。巧合的是，这两人的录取名次还紧挨着，一个是三甲第 40 名，名叫袁崇焕，最为人熟知的事迹是在辽东抗击后金；另一个是三甲第 41 名，名叫孙传庭，最主要

---

① ［美］米歇尔·渥克《灰犀牛：如何应对大概率危机》一书中以“黑天鹅”比喻小概率而影响巨大的事件，以“灰犀牛”比喻大概率且影响巨大的潜在危机。

的高光时刻是在中原剿灭义军。

《明史》中对这二位死后的评价，画风也出奇的一致：

> “自崇焕死，边事益无人，明亡征决矣。”
> “传庭死，而明亡矣。”

袁崇焕一死，相当于给大明下了病危通知；而孙传庭一死，等同于给大明签了死亡证明。

简洁，直白，残酷，但足够真实。因为孙传庭死后仅五天，李自成占领西安，建号永昌；又五个月后，崇祯帝自缢煤山，明朝灭亡[①]。

孙传庭，本是大明最后的希望。他祖籍河南，祖上军户出身，后弃武从文。孙传庭六岁上私塾，十三岁考中童子试第一名，二十六岁中举人，二十七岁中进士。

孙传庭不但学习成绩傲人，还成功激活了血脉里的尚武基因，他“貌甚魁伟”“仪表欣硕”“能左右射”，堪称文武全才。考中进士后，他先授永城[②]知县，后调商丘知县，对祖籍河南的他来说也算是另一种意义上的“衣锦还乡”了。

孙传庭在任内抗洪抢险，兴修水利，减免赋税，秉公执法，不但训练出一支足以保境安民的武装力量，还出资重修了县里的收容救助机构，为接收战时难民做好了准备。

天启五年（1625年），孙传庭升任吏部主事，仅仅五年就从

---

① 因清朝入主中原后编修的《明史》以崇祯帝朱由检为明朝末代皇帝，故多将崇祯十七年（1644年）作为明朝灭亡的时间。

② 今河南商丘永城。

地方知县变成了中央吏部大员，绝对称得上是官运亨通。

但当时正是阉党最得势的时候，孙传庭不愿出卖自己，所以当场选择离职。

就在孙传庭归乡的第二年，明末农民战争的烽烟在陕西被点燃，朝廷在辽东丧师失地，只知道不断地搜刮百姓，征调民力，把越来越多的百姓逼上了绝路。

孙传庭模仿诗圣杜甫《石壕吏》所作的《邻翁叹》，生动描绘了朝廷乱抓壮丁，百姓填尸异乡的惨状，也表达了他身在江湖、心系朝堂的担忧。

对天下兴亡的责任感，让孙传庭无法再袖手旁观下去了。但学生却劝他别自找麻烦，这天下已经没救了。

孙传庭听后却表示：

是何言也！孰为为之而遽曰不可不可乎？

为之自吾始，济不济，命也[1]。

救国是必须救的，至于救得了救不了，那就是另一个问题了。

崇祯七年（1634 年）秋八月，后金军借道蒙古诸部，突破宣大总督杨嗣昌的防御，从大同、张家口入塞侵扰，直接把战火烧到了孙传庭的家乡代州。

痛心疾首的孙传庭在诗中写道：

---

① 《孙传庭墓志铭》。

去岁游兵猎雁门，雄关虎豹自云屯。
请缨漫切书生志，闻鼓偏销战士魂。
草垛阴风吹白昼，桑乾磷火照黄昏。
只今痛定方思痛，又见烟尘满冀原[①]。

这件事坚定了孙传庭的决心，他在赋闲十年后重新复出，接任了陕西巡抚这个烫手山芋。

明代的陕西包括今陕西、甘肃、宁夏和青海东北部。在当时是出了名的又穷又乱。陕西不但要承担沿边四大军镇[②]的钱粮后勤，还要供养就藩于陕西的五位宗室王爷。这两个无底洞基本上耗光了陕西的财政收入，连贪官污吏都不愿意来陕西上班，因为真的是穷到想贪污都没什么油水了。

陕西各地的基层官府缺员率基本上在五成左右，有些地方甚至高达七成。即便是在岗的官吏，也是要么素质低下，要么混吃等死，完全指望不上。

明末的陕西，概括来说就是基层治理基本失能，外敌入侵警钟长鸣，水旱灾害无人应对，苛捐杂税层出不穷，农民起义风起雨涌，七任巡抚无一善终。

是的，从天启六年（1626 年）二月到崇祯九年（1636 年）二月的十年里，陕西已经换了七任巡抚，平均任期不过两年，且没有一个有好下场。

崇祯九年，孙传庭在正式赴任前，受到了崇祯皇帝的接见。孙传庭对皇帝说了一大堆困难，核心思想就一句话：陛下，打钱！

---

① 《乙亥警·其一》。
② 延绥镇（又作榆林镇）、陕西镇（又作固原镇）、宁夏镇和甘肃镇。

崇祯帝一咬牙一跺脚，给孙传庭批了一年的军费六万两，说以后的军费你自己想办法吧。

六万两听起来很多，其实根本不经花，何况只是一次性付款，后续尾款完全不管。但孙传庭却毫无怨言，他招募了三千陕西巡抚标兵[①]后，就马不停蹄地去上任了。用他自己的话来说，这次是“履极难之地，肩极重之担，当极敝之时”。

在最糟糕的时机，去最艰难的岗位，承担最困难的任务。孙传庭五月十六日入秦履职，雷厉风行地整顿陕西官场，为明末颓废污浊的陕西地方官场带来了一股新风。同时，他大力整顿军纪，重建明军的战斗力。

然而，在孙传庭开展工作才两个月时间，一场大危机就避无可避地迎面而来了。农民军中实力最强大的闯王高迎祥提兵北上，直奔西安而来。他还致敬了一把三国时魏延提出的“子午谷奇谋”，想抄近路奇袭西安并一举夺取关中。

但事实证明，“诸葛一生唯谨慎”还真是有道理的。子午谷地形狭窄，高迎祥的兵力优势根本发挥不出来，孙传庭带着部队“四日三捷”，反而生擒了高迎祥。

这是孙传庭上任后打的第一场大战，也是自明末农民战争爆发以来，明朝方面所取得的最大一次胜利。孙传庭乘胜追击，击败、招降了多股义军，让曾经烽烟遍地的关中地区获得了难得的安宁。

趁着这个有利时机，孙传庭准备再干一件大事，一件比迎击高迎祥更危险、更困难的事——“清屯”，即清查屯田与屯兵的侵占问题。

---

① 指明代省、镇总兵镇戍区中以营制为核心编制的军队，取“标下官军”之意，为巡抚的直属部队。

明初在各地建立卫所，给军户分配耕地，军户则需要承担兵役，这样兵员和粮饷就都解决了。

按理说孙传庭麾下应该有四卫屯军两万四千人，屯田两万六千多顷。但实际上，孙传庭手下却一个兵、一亩田都没有——这些土地和人口早就被大大小小的贪官污吏和地方豪强给窃取侵占光了。而孙传庭要做的，就是让他们把吃下去的好处再吐出来。

这种“虎口夺食”的事，崇祯皇帝不敢做，满朝文武不敢提，但孙传庭，还真就干了。

九月，孙传庭发布《清屯示》，正式在西安前、后、右三卫开展清屯工作，总原则就一条：

地不容失一亩，粮不容遗一粒。

有些黑心士绅鼓动百姓聚众闹事，最后发展为集体上街“零元购”，冲击孙传庭的巡抚衙门，就连孙传庭招募的部分标兵中都出现了兵变。

这些豪强早习惯了按“闹”分配，让想干实事的官员知难而退。但可惜，他们这次遇到的是孙传庭。

孙传庭顶住巨大压力，对阻碍清屯者铁腕镇压——趁火打劫的，杀！幕后指使的，查！玩忽职守的，罚！有一个算一个，全都别放过！

不得不说，这效果还真是不错的。仅仅完成了西安附近三个卫所的“清屯”工作后，孙传庭的陕西巡抚账簿上就多了税银十四万五千二百四十二两，应缴纳杂项饷银四千五百八十一两，麦米豆等粮食一万三千五百五十六石，还有军兵一万两千余名。

亏空多年的陕西财政状况竟然在短时间内发生了翻天覆地的变化，让所有人都惊掉了下巴。崇祯帝为此龙颜大悦，前后两次下旨嘉奖孙传庭，给他官升一级，还特批赏银三十两，高档纻丝料子两套。

有了这笔稳定的收入后，孙传庭在陕西的工作就好办多了。

孙传庭一边继续练兵，一面赈济灾民，既强化了官府的武装平叛能力，又提升了地方的灾害应对水平。孙传庭训练出的“秦兵”，不但装备精良，战斗力强，而且纪律严明，深得民心。

从崇祯十一年（1638年）四月到八月，孙传庭连续击败过天星、混天星、大天王等农民军，有力配合了三边总督[1]洪承畴对“闯将”李自成的围剿。

最终李自成的主力被歼灭殆尽，仅率十八骑逃出生天。其他如张献忠、罗汝才等部也陆续投降了明朝，曾经遍地开花的农民军一时陷入沉寂。

正当孙传庭和洪承畴准备再接再厉、扫清义军残余的时候，已经改国号为大清的皇太极第五次挥师入塞，甚至一路南下打到了山东。

惊慌失措的崇祯帝把洪承畴和孙传庭等人一股脑全召到北京勤王，这才给了农民军喘息之机，也深刻改变了孙传庭的命运。

孙传庭太了解其他明军的不靠谱，是那种连和清军打嘴炮都不是对手的类型，几千人能被对面十几人吓到引发踩踏事故的那种衰弱。所以他伺机而动，取得了数次小胜，成功逼退了清军，已经是所有勤王军中表现最亮眼的一支了。

---

① 明代军职。弘治十年（1497年）设立，主要负责总督陕西三边的军务，包括陕西、甘肃、延绥、宁夏四镇的军事和民政事务。

但让人无语的是，大明实在是太盛产内斗内行、外战外行的猪队友。

到前线督师的首辅刘宇亮胆小如鼠，事后却反过来指责孙传庭怯战纵敌。孙传庭直接上书把前线的实际情况捅了出来，一下子又得罪了关宁总监高起潜和兵部尚书杨嗣昌。

严重的内耗和内斗导致孙传庭滞留通州两个多月，连进京给皇帝汇报工作的机会都捞不到。目睹清军的肆虐，同僚的甩锅，百姓的哀号，深感无力的孙传庭一着急一上火，双耳突然聋了，什么都听不到，属于丧失劳动能力的三级伤残。没法继续工作的孙传庭只能打报告请病假，但崇祯帝却认为他是在装病逃避责任，于是一场极限拉扯的名场面就此诞生。

孙传庭：我有病，想请假。

崇祯：朕不信！兵部去核实！

兵部：核实了，他真有病。

崇祯：朕还是不信！御史去核实！

御史杨一儁：核实了，他的确有病。

崇祯：朕就是不信！锦衣卫何在，把孙传庭和杨一儁全给朕抓起来，他俩肯定是串通好了！

崇祯十二年（1639 年）七月二十三日，孙传庭以“托疾欺罔”的罪名被捕入狱。他只能一边在牢里养病，一边给皇帝写道歉信，大意就是我不对，我有罪，我不好，我检讨……

然后，三年过去了。崇祯十五年（1642 年）正月，大过年的，被捕入狱三年之久、耳朵都养好了的孙传庭终于听到了一个好消息——皇帝决定原谅他的“罪过”，给他个将功赎罪的机会。

很快，孙传庭就在文华殿获得了皇帝的召见。这次崇祯的态度十分和蔼，孙传庭也信心满满地表示只要给自己五千精兵，就可以分分钟灭掉义军！

崇祯帝两眼放光地表示，这可是你自己说的！准了！

还没等孙传庭反应过来，他就被光速起复为兵部右侍郎，率京营官兵南下救援被李自成围困的河南省城开封。

京营？开封？

这信息量有点大啊。

就京营那群走个队列都散架的少爷兵，能不能成建制地遛达到河南都两说，还指望他们打仗？更何况，起义军什么时候能围攻重兵把守的省城了？

孙传庭赶紧找人打听情况：之前我在陕西招募的秦兵呢？

答：被接替你的大臣“送”光了。

孙传庭：那闯将李自成多少人马，竟敢围攻省城开封？

答：李自成早已继承闯王[①]称号，手下兵马少说也得几十万，而且是步骑协同，能野战能攻城的百战精兵。去年过年时他攻破洛阳，杀了福王朱常洵，这已经是他第二次围攻开封了……

孙传庭：?!

还没等他成功消化这世界的变化，孙传庭就又升官了。

二月十七日，李自成攻破襄城，三边总督汪乔年被杀，于是孙传庭就成了新任三边总督。

当然，不如叫“三无总督”更合适，因为他是无兵、无粮又无饷。

---

① 李自成在崇祯十四年（1641年）秋正式称“闯王”，当时孙传庭已被捕入狱。

这画面，是不是有点熟悉？

于是，孙传庭第二次开始了他的陕西之行。此时他最紧迫的任务就是重建秦兵的战斗力。

孙传庭入陕后干的第一件事，就是诛杀了两次临战脱逃、害死两任三边总督的总兵贺人龙，这才让混乱的军心和废弛的纪律有了改观。然后他结合实际，重新提出了自己的战略构想——需要练兵两万，饷银百万，才有把握干掉今非昔比的李自成。

但崇祯帝却怒气冲冲地回复道：

卿面奏云何，而前后不雠！
努力练所发兵，足饷一月，
即卷甲出关，毋得逗挠取咎也。

你当初说了五千人搞定，怎么敢说了不算！给你一个月的军饷，赶紧给我把李自成灭了，不然指定没你好果子吃！

这就真有点不讲理了。当初孙传庭刚重见天日，难免误判形势。崇祯帝明知局势败坏，却故意不说，反而挖坑下套误导臣下，赶鸭子上架道德绑架，哪有这样的啊。况且孙传庭如果真要推诿，也不至于才喊出兵两万、饷百万的要求了，完全可以狮子大开口，怎么不现实怎么来嘛。

但崇祯帝却不给孙传庭徐徐图之的时间，派监军反复来催促，无奈之下，孙传庭只好领着一群新兵蛋子南下迎击李自成的主力。由于后勤粮食跟不上，孙传庭的部队饿到摘老乡还没熟的青柿子充饥，故史称为“柿园之役”。

就是在这样不利的局面下，孙传庭巧妙地诱敌深入，大败义军，追杀三十多里。但这个时候就体现出新兵训练不足的问题了。义军在撤退途中抛弃了大量的辎重，明军不顾纪律忙着抢东西，被李自成杀了个回马枪打得大败。

孙传庭只能撤回陕西，继续招兵买马。他善待百姓，发展生产，并专挑有钱的地主士绅疯狂爆金币。经过大半年的努力，他训练出的新秦兵实力已获得显著增长，假以时日，完全可能成为力挽狂澜的决定性力量。

但输红眼的崇祯却等不了那么久了，他反复下旨催促孙传庭出关决战，陕西当地的士绅也痛恨孙传庭第二次从他们兜里抠经费，于是造谣孙传庭是在养寇自重，并且放出狠话：

秦督不出关，收者至矣。

你要是再不走，来抓捕你的锦衣卫可就到了。

对曾蒙冤入狱三年的孙传庭来说，这句话太有杀伤力了，他只能无奈地表示：

奈何乎，吾固知往而不返也。
然大丈夫岂能再对狱吏乎！

大丈夫宁可战死沙场，也不能再无辜入狱！

当年唐玄宗逼迫哥舒翰出关决战的悲剧，竟在今日的大明再次上演，而且还是连续两次。

崇祯十六年（1643年）八月初一日，孙传庭在西安关帝庙誓师出征。他虽然手握所谓的尚方宝剑，然而既调动不了南边的左良玉配合作战，也指使不动河南的地方官保障后勤。他只能孤军深入，在滂沱大雨中艰难前行，眼看着周围的敌军越来越多，车载的粮食越来越少。

即便这样，孙传庭依然连战连捷，并在郏县大胜李自成，俘杀李自成五营主力中的前营第二号大将谢君友。乱战中明军甚至砍断了李自成的帅旗，差一点活捉了李自成本人。

可就在此时，孙传庭断粮了。他想回军打通粮道，但军心大乱的明军却全线崩溃，崇祯能指望的最后一支成建制的野战军，就此葬送。

在李自成的追击下，孙传庭带着残兵败将撤回潼关。直到最后一刻，孙传庭想的还是守住潼关，威胁李自成的侧翼，让他无法安心北上。

但可惜，老天爷已经不打算再给他这个机会了。崇祯十六年（1643 年）十月初六，孙传庭战死在潼关东城门楼，随从仓促之间推倒了墙壁，草草掩埋了他的尸体[①]。

两天后，崇祯帝指责孙传庭“轻进寡谋”，但依然希望他能“戴罪立功”的诏书才抵达，可惜他已经接不到了。因孙传庭死后尸骨无存，他在朝廷的报告中就变成了下落不明。崇祯帝甚至怀疑他是临阵脱逃、跑路出家了。所以直到明朝灭亡，孙传庭也没有受到任何的追封或纪念。

直到清乾隆四十年（1775 年）十一月，早已坐稳江山的乾隆帝明令表彰包括孙传庭在内的明末殉节诸臣，一年后孙传庭获得谥号“忠靖”，列入《钦定胜朝殉节诸臣录》中。

---

① 孙传庭最终结局有战死潼关说、投黄河殉国说、随喇嘛西去说、战死渭南说、五台山出家说。考订诸史，应以战死潼关说为确。

这位生前不被理解、死后不被纪念的大明孤忠，总算等来了一份迟到的尊重。

柳如是

◎ 天下兴亡，匹妇有责

崇祯十四年（1641 年）六月，一场盛大的婚礼正在松江上的芙蓉舫中举行。但奇怪的是，这场婚礼沿途收获的不是祝福和恭喜，而是各种起哄咒骂，甚至有人捡起路边的石块瓦砾往船上扔，把好好的一艘婚船砸成了建筑垃圾转运船。

这场不被祝福的婚礼上的两位新人，一个是东林党魁、文坛宗师钱谦益，一个是女侠名姝、江南名妓柳如是[①]。这二位的高调结合在当时不但有违礼制，说严重点甚至都有点触犯法律。

主要问题就在于柳如是的身世和身份。

说起来柳如是也是个苦命女子。她四五岁时，就被人贩子拐卖到苏州吴江县盛泽镇的乐妓机构——归家院，成为名妓徐佛的婢女，后被徐佛收为徒弟。

徐佛不但亲自教授柳如是，还请来归隐松江的著名文学家、

---

① 柳如是早年以杨为姓，先后用过杨爱、云、云娟、影怜等名；后改姓柳，初名隐，字蘼芜，后取“如是”为字。为符合习惯，本书统一称呼其为柳如是。

画家陈继儒来给柳如是上大师课，学习书法绘画，调香烹茶，填词作赋，轻歌曼舞。

就这样，柳如是被精心培育成一件完美的“商品”，时称“瘦马”，然后摆上了货架。

崇祯四年（1631 年），十四岁的柳如是被退休宰相周道登买去做小妾，可很快又因为受宠被其他妻妾陷害，没几天就又被周家给卖了。

是的，在古代身为女子本来就没什么地位，给别人当小妾，顶多是一件重金买来的玩物而已。

当时的女子都觉得这是天经地义的道理。但柳如是显然不这么想，她偏要“我命由我不由天”。离开周家后，十四岁的柳如是乘着一艘画舫往来于吴越之间，她给自己取了很引人注目的名号——故相下堂妾。

你是退休宰相，我是下岗小妾，咱们谁也别看不起谁。柳如是在周家的时间虽然不长，但跟在周道登身边也学了不少儒家传统文化，培养了心怀天下的视野和格局，这让她在同男性交往时，比一般女子多了很多话题可以聊。

晚明江南文化界盛行“结社”，就是由一群文化审美趋同或政治观点一致的文人士大夫组成的文学社团，通常也有一定的政治影响力，比如著名的“东林党”“复社”“几社[①]”等。

崇祯五年（1632 年）十一月初七，柳如是赶往松江为恩师陈继儒祝寿，因此结识了多名才子名媛，其中就包括著名的“云间三子”——陈子龙、宋徵舆、李雯。他们也是当时著名的文人会社“几

---

① 明末文社组织，宣扬“绝学有再兴之机，而得知其神之义”，故名“几社”（jī shè）。

社”的主要成员。

柳如是经常参加几社的线下活动。史书形容她个子不高，胆子却不小，是个古灵精怪的可爱美少女，还喜欢女扮男装，经常穿着儒士的衣衫，与人谈论时事，吟诗作对，嬉笑怒骂，豪饮欢歌。柳如是书法水平很高，作诗填词也是信手拈来，不但格律工整，遣词精妙，而且往往立意深远，格局宏大，把很多男子都比下去了。

虽是女子，但在柳如是的诗词里，刀枪剑戟、戍楼烽烟、青骢旌旗等战争元素比比皆是，俨然一个侠女形象。只可惜柳如是虽有满腹才华和豪情壮志，却总是遇人不淑。

面对妈宝又没担当的宋徵舆，柳如是倭刀断古琴，来了个一语双关的“一刀两断”。

面对相见恨晚的陈子龙，柳如是曾以“女弟”自称，主动登门拜访，还专门给陈子龙写过一篇《男洛神赋》。但由于陈子龙的原配夫人极力反对，甚至上门大闹。柳如是既不愿爱人为难，也不甘心从此枯坐内宅，仰人鼻息，渴望自由的她干脆利落地选择了放手。

崇祯八年（1635年），柳如是被师傅徐佛请回归家院当高管。有一天，柳如是正在院子里忙，突然有位叫张溥的人来拜访徐佛。此时的张溥三十四岁，其创建领导的复社在朝野拥有巨大的影响力，被无数人视为偶像。张溥是慕名来拜访徐佛的，却不知徐佛此时已经嫁人了，柳如是这个徒弟只能出面来接待了。

柳如是陪着张溥游览风光，畅谈文学，纵论时事。提到大明的内忧外患时，柳如是只恨自己不是男儿身：

中原鼎沸，正需大英雄出而戡乱御侮，应如谢东山运筹却敌，不可如陶靖节亮节高风，如我身为男子，必当救亡图存，以身报国！

柳如是那特有的“丈夫意气”让张溥赞赏不已，而张溥心怀天下的格局也让柳如是钦佩不已。也就是在这个时候，柳如是才给自己取字“如是”，据传是化用了辛弃疾《贺新郎》中的那句，“我见青山多妩媚，料青山见我应如是”。

但是很遗憾，她下一个遇到的人，更让人失望。

崇祯十二年（1639 年），柳如是去杭州西湖拜访老朋友、著名的徽州盐商汪然明时结识了谢三宾。

谢三宾，天启五年（1625 年）进士，东林领袖兼文坛教主钱谦益的门生，此时已经官至太仆寺卿。他在登州打过叛军，出版过自己的诗集，也算文武双全，和柳如是很有共同语言。

但有些人啊，不能深交。柳如是和谢三宾接触一段时间就发现不对劲。谢三宾家境殷实，但他的巨额资产是不义之财；谢三宾的确文采风流，但骨子里却是一个控制欲极强且心术不正的人。所以柳如是明确拒绝了谢三宾的追求。

但谢三宾却对柳如是纠缠不休，诋毁造谣，跟踪骚扰，完全是一副无赖嘴脸。柳如是被谢三宾闹得心力交瘁，生了一场大病。

为了躲谢三宾，柳如是先到了杭州，随后到嘉兴，接着又搬到盛泽，最后跑到松江横云山上，依然躲不掉狗皮膏药一样的谢三宾。

就没人能治得了这条疯狗吗？还真有一个——谢三宾的老师钱谦益。

崇祯十三年（1640 年）十月，柳如是的画舫抵达常熟。她将船停泊在六弦河畔的码头上，“幅巾弓鞋”——穿着男装，脚踩女士“高跟鞋”，坐着轿子直奔含辉阁半野堂的钱宅，然后递上了拜帖，求见钱谦益。

帖中有诗云：

> 声名真似汉扶风，妙理玄规更不同。
> 一室茶香开澹黯，千行墨妙破冥蒙。
> 竺西瓶拂因缘在，江左风流物论雄。
> 今日沾沾诚御李，东山葱岭莫辞从[①]。

钱谦益一开始以为是普通的粉丝，就没当回事。但第二天细看这首诗，总觉得这个风格不太像男子所作——全诗把钱谦益与东汉儒学大师马融、东晋宰相谢安相提并论，既表达了对钱谦益的崇敬之情，又倾吐了愿意追随左右的爱慕之心。

钱谦益觉得这诗写有点特别，就按照拜帖上留的地址来到河边，登舟一见，真相大白，“则嫣然一美姝也”。

一番交谈下来，钱谦益发现柳如是诗词水平不凡，绘画独具匠心，书法更是深得虞褚[②]两家真意，铁腕怀银钩，奇气满纸。面对这样一位色艺双绝、勇敢追爱的奇女子，哪怕钱谦益是年过半百、成名许久的文坛大佬，也真的很难不沦陷啊。

而且柳如是和钱谦益也算是神交已久的“网友”——柳如是曾公开表示过，自己非才如钱谦益者不嫁。而钱谦益听说后也半开玩笑地表示过，那我也非诗如柳如是者不娶呗。现在好了，两人直接奔现了。所以几天后，钱谦益回赠给柳如是一首诗：

---

① 《庚辰仲冬访牧翁于半野堂奉赠长句》。
② 指唐代书法家虞世南与褚遂良。

文君放诞想流风，脸际肩间讶许同。
枉自梦刀思燕婉，还将抟土问鸿蒙。
沾花丈室何曾染，折柳章台也自雄。
但似王昌消息好，履箱擎了便相从[①]。

柳如是诗中末句是“莫辞从”——请您不要拒绝我呀。

钱谦益诗的末句是“便相从”——不如那就一起玩耍。

按照明代习惯，乐籍出身的柳如是就算嫁人，也只能在夜里偷摸地用一台小轿子，从后门抬进新郎家，既不能光天化日，也不许正大光明。

但六十岁的钱谦益竟然真的用“匹嫡之礼[②]”高调迎娶二十四岁的柳如是入门。可以说是严重挑战了当时的封建道德底线和嫁娶习俗，所以婚礼现场一片骂声，甚至亲朋好友也不是很支持。

钱谦益还斥巨资为爱人修筑了一座绛云楼——他把自己珍藏的宋版《汉书》降价卖给了学生谢三宾，也就是纠缠柳如是的那个无赖。

当然，现在柳如是已经升级成他的“师母”了，终于摆脱了这厮的纠缠。

柳如是和钱谦益婚后育有一女，但她依然保持着独立自由的风格，喜欢穿着男装招待访客，甚至有时候直接代替钱谦益出门拜访朋友或出席文艺活动，与男子雄辩滔滔而不落下风。

有时候钱谦益在给学生答疑解惑时卡壳了，柳如是却脱口而

---

① 《柳如是过访山堂，枉诗见赠，语特庄雅，辄次来韵奉答》。

② 即按照与娶原配夫人同样的礼节举办婚礼。侧室女子虽不是正妻，但在身份地位上远高于妾室。

出正确答案。钱谦益宠溺地称她为“我高弟”或“良记事”，甚至玩谐音梗叫她“柳儒士”。

柳如是还协助钱谦益编纂考订了《列朝诗集》中有关女性诗人的部分，让许多歌伎及闺秀诗人的作品得以流传于世，并直接促进了清代妇女文学的繁荣。

即便嫁为人妇，柳如是依然不改对天下时局的关注。崇祯十四年（1641 年）十一月，柳如是和钱谦益结伴出游杭州、镇江、苏州等地，吊唁了于谦、岳飞、韩世忠及其妻梁红玉等英雄人物。

在国难当头的危急时刻，柳如是一方面凭吊怀古，抒发对古人的追思与敬仰，同时又表达了对当今天下动荡不安的担忧。她经常和丈夫提起，国难当头，四海沸腾，咱俩不能坐视不管，你做韩世忠，我就当你的梁红玉!

崇祯十七年（1644 年），崇祯帝煤山自缢。同年五月，南明弘光帝建都南京，钱谦益被任命为礼部尚书。但弘光政权内斗不止，苟且无能。

柳如是跟着丈夫来到南京上任时，没有像一般女子一样遮遮掩掩，反而身着戎服，控马跟随，插装雉尾，打扮成昭君出塞的样子，以此来讽刺南明上下无人敢抗清卫国的胆怯。

可她万万没想到，最胆怯的竟然是自己最爱慕的枕边人。

一年后，清兵南下，一路势如破竹，直逼南京。亡国在即之时，柳如是劝钱谦益杀身成仁，以身殉国。

钱谦益表示再议，再议。

过了几天，柳如是穿上盛装，与钱谦益泛舟湖上，又劝道：

神州陆沉，谁为击楫！
大江已无生色，此水得君而清光千古矣[①]。

柳如是认为丈夫钱谦益作为文坛领袖，当朝宰辅，只有殉国才能对得起朝廷的栽培，而她也将和丈夫一起自杀，誓死不降。

柳如是（站在船边）：You jump，I jump！咱俩一起走！

钱谦益（伸手入水）：水太凉，不能下，不如降了吧。

脸都不要了。

然后失望透顶的柳如是就一个人跳下去了，但是又被周围人七手八脚给救上来了，真是没淹死也要被气死。更让她恶心的是，丈夫钱谦益不但不敢自杀殉国，还主动投降了清朝。

当时南下的清军发布了“剃发令”，钱谦益听完表示哎呀，头皮有点痒啊，那就剃了吧。然后带着南京的文武百官投降了，被任命为清朝的礼部侍郎管秘书院事。

虽然“水太凉”“头皮痒”的细节大概率是后人讽刺钱谦益的段子，但他贪生怕死、觍颜投敌的行为的确是真的。这让一生崇敬英雄的柳如是非常幻灭，当钱谦益等南明降官带着妻子家人北上履职时，只有柳如是拒绝跟随，独自留在南京。她还给钱谦益撂下一句话，除非你痛改前非，反清复明，不然咱俩以后也就别再见了。

钱谦益虽然胆怯，但到底还有点良知。

顺治三年（1646 年），钱谦益在北京当了八个月的官就辞职回到了江南，总算表现出了一点不与新朝合作的态度。柳如是就继

① 《天啸残墨》。

续劝说钱谦益投身反清复明大业，这也算是知错就改，亡羊补牢了。

就这样，柳如是和钱谦益夫妻二人，共同踏上了复明之路。

当然，这条路可真心是不好走。

顺治四年（1647 年）三月，钱谦益因卷入反清志士黄毓祺案而被捕。由于钱谦益的儿子钱孙爱懦弱胆小，根本经不住事，营救钱谦益的重任就落在了重病在身的柳如是身上。

她拖着病体奔走游说，多方营救，不惜以身代死，终于换来了钱谦益的释放。

这场牢狱之灾后，夫妻二人初心不改，继续复明大业。

顺治六年（1649 年）柳如是和钱谦益从苏州返回常熟，表面上宅家不问世事，其实暗中一直在与西南和海上的抗清势力有联系。

七月，钱谦益派人给自己曾经的学生、当时的永历朝首辅瞿式耜（sì）写了一封密信，报告了江南清军的军事情报，提出了光复大明的战略规划，并主动出山去策反台州总兵马进宝。

顺治七年（1650 年），黄宗羲拜访钱谦益，两人密谈良久。临走前一夜，钱谦益提着灯笼来到黄宗羲床边，交给他七锭黄金作为反清经费，并特意交代这是柳如是的私房钱。

郑成功家族经营中国、南洋和日本的货物贸易，在苏州设有丝绸专卖店。柳如是就打着贵妇人的名头，以买买买为借口，往来常熟和苏州，为钱谦益和郑成功充当联络的中间人。由于当时钱谦益岁数太大，身体不好，很多接头对暗号或送情报、出钱出力的工作都是由柳如是出面来完成的。

顺治九年（1652 年）冬，柳如是又变卖自己的珠宝首饰，倾囊助饷，装备了一整支义军。这支部队后来投入作战，用来接应海上反清的张明振、张煌言等人。

顺治十一年（1654 年），为了掩护反清复明的秘密行动，在柳如是的要求下，钱谦益和柳如是移居常熟城外白茆港的红豆山庄，这里后来就成了江南反清志士的秘密联络点。

顺治十六年（1659 年），在柳如是、钱谦益等人的多方联络和促成下，郑成功率二十三万大军、八千多艘战舰北伐，夺取瓜州、镇江，一度兵临南京城下。钱谦益再次出面劝降马进宝，成功说服他按兵不动，保持中立，为郑成功的北伐扫除了一个不小的障碍。

但可惜郑成功最终兵败南京城下，十数年间最有希望、声势最大的一次北伐就此功亏一篑，复明运动也陷入了低潮。

心灰意冷的钱谦益搬回城内旧宅，而柳如是仍然住在红豆山庄，苦苦等待大明的复兴。

但钱谦益是等不到了。

康熙三年（1664 年）五月二十四日，在南明最后一个皇帝永历被吴三桂勒死的三年后，钱谦益也与世长辞。他虽然晚节不保，但多亏了柳如是鼓励他暗中反清，总算让他在后世挽回了一点名声。

但当时的老钱家，却并不感激柳如是。钱谦益的族人在恶霸豪绅的指使下，强夺钱谦益留下的遗产。先抢走了六百亩田产和十几个仆人，又带人闯入家门，逼柳如是交出三千两白银，不许少半厘，不容延半刻，不然就把钱谦益的儿子和女儿、女婿都打出家门。

面对不讲理亲戚的丑恶嘴脸，柳如是平静地说，行，你们在这等着，我去拿钱。

然后她独自登楼，紧闭房门，留下封遗书后，悬梁自尽。

她在遗书中写道：

我来汝家二十五年，从不曾受人之气……我诉阴司，汝父决不轻放一人……死后棺木不能入土，因国土被人占去了，要在土室中悬空置铁索，再放棺木于铁索上……

我就没受过这种窝囊气，等我到了阴间，高低让你父亲把这帮混账全带走！另外我死后不要入土为安，国土都没了，我入了也不安，拿根锁链吊起来就行，反正我生是大明人，死也不埋清国土！

当然了，柳如是知道阴间告状远比不上阳间报官有用。但面对穷凶极恶、称霸一方的钱氏族人，只有闹出人命了，才能引来官府的重视，彻底断了这帮恶亲戚的念头。

这是柳如是唯一的翻盘机会。她以死抗争的勇气，也赢得了时人与后人的尊重和叹服。她为家为国的抗争精神，更使她成了后世巾帼女侠和女革命家的代表人物。

这个时候人们才重新认识了柳如是，这位生错了年代的奇女子，用自己的一生表达了一个本应再简单不过的真理：

天下兴亡，匹夫有责，匹妇亦有责。

李定国

◎ 从反明先锋到孤忠抗清

你十岁的时候在干什么？

估计大多数人的答案都是，在上学，在玩耍，在忙着长大，在被很多人爱着……

但十岁的李定国就厉害了，他在造反，要抄家灭门的那种。

不过李定国倒也没有很害怕，因为他早就没有家了。

明末的陕北，是穷尽人类所有语言也描绘不出的炼狱。水旱灾荒加贪官污吏，乱兵肆虐加外敌侵袭，最终让天府之国饿殍遍地，活脱脱上演了一出人间惨剧。

李定国在乱世中失去了所有的家人，不幸地成了唯一的户主——也就是孤儿一名。

崇祯三年（1630 年），才十岁的李定国听说有个叫“黄虎”的人在定边县扯旗造反，自号为“八大王”。为了能有口饭吃，还没枪杆子高的李定国就这样光荣地成了一名“叛军”。

他这个造型在队伍里实在太显眼，上阵杀敌是没指望了，但当储备人才慢慢培养还是可以的。

有一天，一个长得又高又瘦、脸色发黄、胡子很长的男人走过来，说要收他当养子：“别人都叫俺黄虎，那纯粹是外貌歧视。但乖儿子记住咯，你老子我叫张献忠！”

张献忠小时候读过书，也当过兵，在明末一众造反者中算是个智商担当。他收养了很多干儿子，这也是乱世中常用的团队建设手段。除了李定国之外，还有孙可望、艾能奇、刘文秀等人，他们都以张为姓，以兄弟相称，成为张献忠的左膀右臂。

造反这个特殊工种，突出的特点就是不养闲人。

崇祯十年（1637年），刚满十七岁的李定国就率领部下两万人，跟随义父张献忠及几位兄弟一起纵横河南和湖北。

李定国身材高大，相貌英俊，对待同袍宽容仁慈，打起仗来一马当先，被称为“万人敌”。他的大哥孙可望因年岁稍长，读过一些书，在战场上以善于防守著称，人送外号“一堵墙”。

当时明朝派出大学士杨嗣昌带领明军主力前来平叛，襄阳城就是明军的后勤中枢，城内囤积着各类军资粮饷十余万，为前线的明军源源不断地提供着后勤保障。

崇祯十四年（1641年）二月，二十一岁的李定国带着二十四名骑兵，乔装成明军差官，半夜敲门入城，最后里应外合攻克了襄阳重镇，缴获了明军的大量辎重。

清顺治元年（1644年）十一月，张献忠正式在成都建立大西政权。对孙可望、李定国、艾能奇和刘文秀四个养子皆有封赏。

但他看重的还是孙可望和李定国。

张献忠在原蜀王府内建东、西二王府，封孙可望为平东将军监十九营，住在东府；封李定国为安西将军监十六营，住在西府。

孙可望在孙、李、艾、刘四个养子中地位最高，甚至被张献忠当成一号继承人来培养。

清顺治三年（1646 年）十一月，张献忠在北上抗清途中，意外被清军射杀。群龙无首的大西军被清军击溃，残余力量在孙可望、李定国等人的率领下攻克重庆，然后一路南下贵州，暂时摆脱了清军的追击。

问题来了，接下来的路该怎么走。孙可望提出南下岭南，然后乘船出海，到南洋做一个土霸王。但李定国却认为应该“归复明朝”，共同抗清。两人吵成一团，最后李定国气愤地表示，你要是想跑你就跑，我宁死都不同意。说完他拔出佩刀就往自己肚子上捅，其他人赶紧夺下武器，撕破一面战旗来给李定国包扎伤口。李定国的决绝感动了其他人，孙可望一看众意难违，只能勉强同意了。于是四兄弟设坛盟誓，各自恢复了本来的姓氏，尊孙可望为领头人，开始执行联明抗清路线。

清顺治四年（1647 年）四月，大西军开进昆明，击退了占据昆明的土司沙定洲，联络黔国公沐天波，表达了 “共襄勤王，恢复大明天下”的意愿。

但孙可望企图一家独大，竟然故意找了个理由，要当着全军的面打李定国一百军棍。

面对孙可望的故意为难，李定国本想发火，但为了不分裂团队，只能捏着鼻子承认了所谓的“错误”，而孙可望也宽宏大量地给他“减刑”了五十棍。

打完了，孙可望还痛哭流涕抱着李定国说：大哥我这也是为了大义，希望弟弟莫要记恨，以后咱们兄弟齐心，其利断金，同心同德，共谋大业！

孙可望通过此次“演武场事件”，道德绑架加公开处刑，既打击了李定国的威望，又树立了自己的权威。而吃了哑巴亏的李定国只能强忍屈辱，表示服从，并申请出兵去剿灭叛军沙定洲残部。于是孙可望派心腹艾能奇出兵东川，派李定国、刘文秀进军滇东，进一步扩大本方的势力范围。

但让孙可望失望的事发生了。五月，艾能奇中毒箭牺牲，孙可望失去了最大的支持者。而李定国和刘文秀却在八月生擒沙定洲，给沐王府和云南百姓报了血仇，狠狠地立了一波大功，也赚到了不少路人缘。

李定国在鲜花和掌声中凯旋后，又劝孙可望“以中国为重”。“联明”已经成了当时最大的政治正确，孙可望也不好公开反对，于是他就派人去联络明永历帝，要求封自己为秦王。

但被清军追杀得狼狈逃窜的永历小朝廷操作却很迷——他们先拒绝了孙可望的要求，又因为内部党争给孙可望发了个假任命，最后说给孙可望换一个别的王号行不行。于是孙可望干脆自称“秦王”，还派兵把反对他封王的永历朝臣都给杀了。

清顺治九年（1652 年）正月，孙可望把永历帝君臣接到贵州安隆①，将此地改名安龙府，随便给点米面钱粮养起来。他则坐镇贵州，以皇帝的名义指挥大小战事。

而留在云南的李定国则一面发展生产，一面操练兵马，为北上抗清做准备。他平定叛匪，招抚逃亡的百姓回乡，借给他们种子和耕牛，并且废除苛捐杂税，减轻地租。

对于明末腐败的官场，李定国以军法反贪，只要贪污，死刑起步。并在各府、州、县设立监督举报机制，认真听取百姓呼声，且第一时间给出处理或答复。

---

① 今贵州安龙县。

历来桀骜不驯不服管理的各部土司，也被李定国恩威并施，治得服服帖帖，要人出人，要马给马，要鸟枪就造鸟枪，大家都争先恐后，踊跃参军。一支以大西军为骨干，包括汉、苗、彝、瑶、藏、壮、傣、白等西南各民族人民组成的抗清联军很快组织起来。李定国处事公平，赏罚得当，严格管理，刻苦训练，还解锁了西南独有的特色兵种——象兵。

同时李定国也对大西军原来的流寇习气进行了整顿，先严肃军纪，再建立物资补给制度。李定国一边让军队屯田，一边开炉炼铁，铸造兵器，还把随军老弱集中起来，为部队制作军服备品，很快就实现了自给自足，也增强了军队的职业化程度。

除此之外，李定国还充分利用云南的区位优势，开发矿藏，促进盐业、茶叶贸易，把云南打造成西南抗清的主要根据地。

清顺治九年（1652 年），面对清军的围剿，李定国主动出击，以攻为守，率步骑兵八万和五十头战象出征。

在战前誓师大会上，李定国颁布五条军法：不杀人、不奸淫、不抢财货、不宰耕牛、不放火，违者死！

历史无数次证明，严格的军纪往往能带来超凡的战斗力。李定国进军神速，连克多城，在野战中利用战象部队大败清定南王孔有德，逼得孔有德自焚而死，取得了桂林大捷，收复了广西全境。

八月，李定国又率军北上湖南，连取全州、永州、衡州等地，短短几个月就收复两州十六郡，史称“湘桂大捷”。清廷急调十五万大军反攻，李定国诱敌深入，命大将冯双礼等人埋伏在侧后，只等清军进入包围圈就来个前后夹击。

十一月二十四日，清军进入伏击圈，李定国率先发起突击，阵斩清军主帅，努尔哈赤之孙，清初理政三王之一的敬谨郡王爱新觉罗·尼堪。

算上桂林大捷中的定南王孔有德，这是李定国出兵以来干掉的第二个清朝王爷了。黄宗羲称赞他“两蹶名王，天下震动，此万历戊午以来全盛天下所不能有”，顺治帝也哀叹“我朝用兵，从无此失”。以至于前线的清军一听到李定国的名字就丧失斗志，清廷差点打算放弃西南各省，和李定国就此讲和了。

那问题来了，这差点，是差了哪一点呢？

孙可望表示，就差我这一点。

当李定国在前线大杀四方时，贵州的孙可望就完全是另一个画风了。自从他逼朝廷册封他为秦王后，就开始在贵阳大造王府，什么黄屋双阙，金龙步辇，曲柄幢盖，天子仪仗全都安排起来，根本不把皇帝放在眼里。

有大臣弹劾孙可望是“挟天子以令诸侯”，孙可望就说：今天子已不能自令，臣更挟天子以令于何地，令于何人？

这个光杆皇帝都惨成什么样了自己没点数吗？我就是想挟天子以令诸侯，我上哪儿令去？又令得了谁？

后来他甚至把安龙府改名为“安笼”，公然把永历君臣比喻为笼中之鸟，这真是杀人诛心，侮辱性极强了。

有一次他还不小心把真心话说出来了，说当初接受明朝册封，无非就是想假借一个名义罢了。可见最初他的“联明”动机就不纯。

但李定国却认为归属了明朝，就不能再当反贼了。所以那些忠于永历皇帝的臣子，就把李定国当成了可以争取的对象。唯一的问题是李定国文化水平不高，虽然后来也算粗通文墨，但对他硬灌大道理恐怕没什么效果。

但那些心向大明的大臣，还真就找到了一种适合李定国的爱国主义教育方式——给他读《三国演义》。

这些平日里之乎者也的文人纷纷化身说书先生，把一本《三国演义》讲得是精彩纷呈，引人入胜，顺便还夹带了点私货——遇到关、张、孔明的事就玩命夸；提到董卓、曹操的作为就往死里骂。

李定国也真是听进去了，他表示：

> 大丈夫终不效董卓、曹操，徒得千古骂名也。

后来李定国开始越过孙可望，直接和永历帝建立联系，比如他取得桂林大捷时，报捷的文书就是直接报给皇帝，根本就没经过孙可望。他在收复的国土上设置官员时，也特意强调大伙要感谢皇帝。

换句话说，李定国取得的胜利，是抗清的胜利，是永历皇帝的胜利，却偏偏不是他孙可望的胜利。

当李定国在湘江之畔大败清军，正准备联合友军将敌人一网打尽的时候，却发现败退的敌人一溜烟就从包围网中顺利撤走了，丝滑得令人惊讶。

李定国派人去侦察时才发现，原来所谓的包围网，竟然从一开始就不存在。

早在开战之前，大将冯双礼就按照孙可望的密令提前撤出了战斗，还把另一支友军也带走了。

也就是说所谓的伏击清军，其实是李定国一个人的孤军奋战，如果不是他战斗力够猛，取得大胜，那被包围的，被伏击的，被算计的，就是他了。

很快李定国又在三天之内接到孙可望七封信，召他到后方商量事情。李定国走到半路接到爆料，说孙可望是要把他骗回去杀掉。

李定国只好写了封信劝孙可望以大局为重，但孙可望的“驾前军”依然步步紧逼，腹背受敌的李定国只能无奈地选择了撤军。

此时清军得到了孙、李内讧的消息，趁机二次出兵。孙可望的“驾前军”一门心思地追杀李定国，没料到和清军撞了个正着，被打得丢盔弃甲，狼狈撤回了贵州。李定国辛苦取得的战果就这样付诸东流，大好局面也全被孙可望葬送。

李定国只能孤军南下广州。他拒绝了清廷的重金招降，并试图联合郑成功一起夹攻两粤。而此时的孙可望已经在忙着篡位了。他本打算在五月十六日这一天登殿称帝，还命令手下头顶盔，身披甲，弓上弦，刀出鞘，一副谁敢反对就杀谁的样子。

孙可望：还有谁?!

老天爷表示，还有我。

当天百官也到位了，士兵也站齐了，老天爷就开始下雨了，而且是特大暴雨红色警报，大雨倾盆水深及膝的那种。

有句俗话叫“在家不行善，出门风雨灌”，眼瞅着吉时已过，大雨依然瓢泼，军民上下议论纷纷，让称帝氛围一下子就没了。

孙可望的皇帝梦，就这样被一场大雨浇黄了，也搅黄了。他把所有的问题都归咎到李定国头上，竟然派冯双礼偷袭驻扎在柳州的李定国。好在李定国早有防备，生擒了冯双礼后，又以德报怨地释放了他。

恼羞成怒的孙可望切断了滇黔运往前线的物资后勤，间接导致了李定国的战败。他还派兵封锁了滇黔边境，烧毁物资，坚壁清野，企图把李定国饿死、困死在外面。

此时李定国数次接到永历帝的血字诏书，请他铲除奸佞，恢复江山。这完全就是《三国演义》里“衣带诏”的剧情重演啊。

清顺治十三年（1656 年）正月，李定国率军奔赴贵州。孙可望派来阻止李定国的守军要么逃走，要么投降，总之没一个真心抵抗的。

李定国见到永历帝后，君臣二人抱头痛哭。李定国对皇帝宣誓效忠，并把后背所刺的“尽忠报国”四个大字展示给众人，以示自己忠于朝廷的心情。

嗯，这么看来，除了《三国》，“岳飞”的故事李定国也是没少听。

李定国把永历君臣接到昆明后，孙可望不顾李定国几次三番的和解请求，悍然出动十四万大军攻打云南，可耻地掀起了内战。

但人人心里都有一杆秤。孙可望的倒行逆施让所有人都失望透顶，他的部队临阵倒戈。众叛亲离的孙可望只能带着老婆孩子和多年攒下的金银财宝投降了清朝。

他急不可耐地给清朝上书，不但把西南的兵力部署，防线细节等军事情报和盘托出，还主动提出派向导给清军带路。此前清朝中央对于出兵西南一直很犹豫，正是孙可望的叛降让清朝最终下定了决心。

清顺治十五年（1658 年），清廷兵分三路进攻西南。

此时李定国刚刚经历了内讧，人员物资损失尚未补充，对部队的整编也问题重重。明朝那个小朝廷哪怕在这个时候，还忙着争权夺利，内耗党争。李定国一边要抗击清军，一边还得应对小朝廷里的烂摊子，极大地削弱了他的战斗力。

九月，李定国惨败于盘江大战，军民被杀三四十万，就连他的妻子家属也被清军抓获处死。

面对如此致命损失和沉重打击，李定国并不气馁，而是说：

事既如此，夫复何言，惟本此孤忠，死而后已。

十二月十三日，战败的李定国返回昆明，其实此时他仍有反败为胜的机会——或者北上四川，联合夔东十三家，经营陕洛，再图中原；或者出海至厦门，和郑成功会合，共同抗清。但遇事不决先跑路的永历君臣却哭着喊着要往缅甸跑，连国内都不敢待了。

李定国也是《三国演义》听得太上头，一切都听从皇帝的旨意，完全不敢坚持自己的正确意见，最后只能对护送皇帝西去的黔国公沐天波说了一句：

公其努力，愿无生后悔而终忆余言也。

希望各位，以后不要后悔没听我的吧。

十五日，永历政权西逃。

李定国在离开云南前，对百姓发布了最后一封文告：

尔等宜乘本藩未行之时，各速远遁，毋致自误……（各营）不得毁其仓廪，恐清至此无粮，徒害我百姓。

大伙各自逃命吧，断后的部队不要故意烧毁物资，免得清军来了之后没有饭吃，还得抢老百姓的粮食啊。

这已经是李定国能为云南百姓做的最后一点事了。

清顺治十六年（1659 年）正月初三，清军攻占昆明。为了保护跑路的永历帝，李定国策划了他一生中最后一场大战，磨盘山之战。

这一战，李定国虽然带领手下杀伤清军大半，可自身的战损也高达三分之二，以至于尸体都堆满了沟壑坑谷，多年后这里依然尸骸遍野，磷火丛丛。

打退追兵后，李定国又在边境附近收拢部队，发展生产，团结土司和各族人民，准备继续和清朝干到底。

可永历君臣一进入缅甸就被软禁了起来，李定国数次出兵缅甸也没能把永历帝营救出来。最终永历君臣也为自己的愚蠢选择付出了代价，在被缅甸王屠杀了一波之后，又被绑送清朝，落入了吴三桂的手里。

公元 1662 年，即清康熙元年。这一年的六月十一日，是李定国四十二岁的生日。戎马一生的李定国在自己生日当天接到了一个坏消息——两个月前的四月初八，永历皇帝朱由榔被吴三桂绞杀在昆明。

他所效忠的那个明朝，原来早就不存在了。惊闻噩耗的李定国披散着头发，光着脚跪倒在地，直哭到双眼流出血泪，然后绝食七天，死于中缅边境的勐腊[①]。

他临死前只给儿子留下了唯一的一句遗言：

任死荒徼，无降也！

宁可身死荒野，死无葬身之地，也不可投降！

---

① 一说死于景线。

李定国死后，他的部下坚持抵抗，誓不投降，世世代代聚居在中缅边境。神奇的是，在植被疯狂生长的勐腊，李定国埋葬的地方多年以后依然寸草不生，各族人民路过时都要祭拜一番。后来当地百姓修建了一座“汉王庙”，把他奉为最大的神明，每年春节举行极其隆重的祭祀仪式。

弹指间，两百多年已过。

1933 年，英国殖民当局企图侵占中缅边境的阿佤山一带。

1936 年，以班洪部落为首的佤族各族人民联合向全国人民发出了《告全国同胞书》：

愿断头颅，不愿为英帝之牛马。

阿佤山，就是李定国最后战斗过的地方。

而当地的各族百姓，也始终没有忘记李定国留在人间的最后一句话：

任死荒徼，无降也！

左宗棠

◎ 真的猛士，敢于直面惨淡的晚清

道光二十九年十二月二十一日（1850 年 1 月 3 日），一叶扁舟过洞庭、溯湘江而上，停泊在著名的朱张渡口。

船只停稳后，一位满头白发、一脸病容的老者在家人的搀扶下走出船舱，于夜色中站在船头张望，等待一位素未谋面的“资深粉丝”。

很快，一位年近不惑的胖大叔一路小跑着赶来，三步并作两步就到了船边。

粉丝见偶像，兴奋加紧张，这个大叔光顾着激动，直接一脚踏空，当场表演了一个反身翻腾半周屈体接直体不空翻，“扑通”一声和滔滔湘江水来了个亲密接触。

当众人七手八脚地把这位“失足”大叔捞上来后，他还不忘幽默了一句：

闻古者待士以三薰三沐之礼，今三沐，已拜领之矣，若三薰，则犹未也[①]。

听说以前接待君子为了表示尊重，要洗澡三次再熏香三回，我今儿澡是洗完了，但熏香说啥也来不及了。

一句话把老者也逗乐了，说别捅词儿了，赶紧换衣服，莫着凉，咱们进舱里再说。

这一夜，两位年龄相差二十七岁的忘年交从禁毒抗英说到治理民生，从学习西方聊到治理新疆，那真是越聊越投机，越聊越对脾气。

眼看天色将亮，老人将自己多年以来整理的新疆山川地图等资料交在中年人手上，并以自己的一联诗句作为对他的期许：

苟利国家生死以，岂因祸福避趋之[②]。

这位老者叫林则徐，而被他寄予厚望的那个大叔叫左宗棠。

左宗棠，字季高，出生在湖南湘阴一个世代耕读之家。他五岁开蒙，九岁就“视天下事若无不可为”，是一个有志不在年高的典型案例。

左宗棠十八岁时，父母、长兄相继去世，于是他独自来到长沙求学。左宗棠从不掩饰自己的才华和骄傲——好大言，每成一艺，辄先自诧。每次写完一篇文章，他都要先自我欣赏一遍，然后由

① 《清稗类钞》。
② 《赴戍登程口占示家人二首》。

衷地感慨一声：这文章怎么能写得这么好呢，难道这真的是我写的吗？哎呀，这上哪儿说理去哈哈哈……

课余时间左宗棠还大量阅读《皇朝经世文编》《天下郡国利病书》等与考试无关的“闲书”。同学都笑他不务正业，但左宗棠却“务”得非常认真，书本上的空白处被他写满了读书笔记，还另外找了个空白笔记本抄写心得体会。他甚至直接冲到正在休假的前江苏布政使贺长龄家登门拜访，不为别的，只为了借书。

一个连秀才都不是的白丁，就敢去敲省部级高官的大门，凭什么啊？

左宗棠表示，当然是凭才华啊！

贺长龄是晚清经世学派代表人物之一，不但对左宗棠“以国士见待”，还把他推荐给弟弟贺熙龄做了关门弟子。

道光十二年（1832 年），二十一岁的左宗棠虽被补录为举人。但他兜里的钱没多少，还要面临“逼婚”的苦恼——左宗棠的父亲在世时给儿子定了一门“娃娃亲”，可现在他养活自己都难，哪有钱娶媳妇呢？

左宗棠没钱娶媳妇，但媳妇有钱“娶”他呀。于是左宗棠就成了湘潭大户周家的一名“赘婿”。虽然周家对待左宗棠就和亲儿子一样。但骄傲的他还是希望凭自己的本事出人头地。别人结婚嘴里说的都是爱的告白，左宗棠结婚门口贴的却是工作计划：

身无半亩，心忧天下；读破万卷，神交古人。

左宗棠早年就以当代诸葛亮自居，给自己起外号叫“今亮”，他相信自己“借住”周家，就像诸葛亮当年躬耕南阳一样，不过是起飞前的助跑阶段。

而他的妻子周诒端也和小说故事里的黄月英一样是个贤内助。左宗棠复习备考，妻子就为他备好茶汤，点上熏香，坐在一边陪着他谈经论史，唱和诗词。有时候左宗棠看闲书要查资料，都不用开口，妻子就已经把他想找的那本书递到眼前了，左宗棠画的地图草稿经常也是周诒端帮着誊录。

左宗棠有匡扶天下之志，但晚清僵化的科举制度却没给他出头的机会。道光十八年（1838 年），左宗棠第三次会试不中。回家后的他越想越气，郁闷地连写八首“吐槽”诗，每一首都“丧”得不行。

负面情绪宣泄完毕，左宗棠又变成了那个骄傲的男人——不是我不行，是这个考试制度有毛病。于是他决定放弃科举之路，把所有精力都放在研究地理和农学上，想要用自己的实干找到一条富农裕国之路，每天在自家的庄子里潜心钻研怎么种菜，甚至冲到地头和家里的老长工吵架，还把自己的科学经验编纂成《广区田图说》和《朴存阁农书》四处推广。

此时的左宗棠报国无门，又不想屈居人下，宁肯当一辈子宅男。

奈何时代不允许啊。咸丰二年（1852 年），太平军攻入湖南。为了保卫家乡，左宗棠在湖南巡抚张亮基的“三顾”之下，出任张亮基的幕僚。

这个时候，就体现出左宗棠爱看“闲书”的优势了。他完善后勤，梳理军令，制造兵器，组织防御，不但成功击退了太平军的围攻，还在炮战中击毙了太平天国的西王萧朝贵。

咸丰四年（1854 年），左宗棠又应新任湖南巡抚骆秉章之邀，第二次进入湖南巡抚幕府，一干就是六年，被赏戴花翎，加四品卿衔，以举人之资，幕僚之身执掌一省军政。

此时左宗棠“今亮”之名传遍官场，他在给朋友写信时经常在落款处署名一个“亮”字，就连曾国藩给他写信也以“诸葛公”相称。

但咸丰九年（1859 年），左宗棠却被湖南永州镇总兵樊燮举报，差点性命不保，史称“樊燮京控案”。幸亏朋友们的多方营救，左宗棠才躲过一劫，但幕僚也没法接着干了。

幕后工作不让干是吧，那老子就自己给自己当老板！

左宗棠回湖南招募五千人，组成“楚军”，赴江西、安徽与太平军作战。在曾国藩的推荐下，左宗棠先任浙江巡抚，后又因功升任闽浙总督，加太子少保衔，赐黄马褂，封一等恪靖伯。此时的左宗棠已经成了一方重臣，但他耿直倔强的性格依然不改，人送外号“左骡子”，江湖号称“左太冲”，连号称脾气好的曾国藩都让他给骂到绝交，可见其杀伤力有多强了。

同治五年（1866 年），左宗棠在广东消灭了江南的最后一股太平军后，上疏于福州马尾择址办船厂，并创办船政学堂，拉开了晚清造船技术和海军近代化之路。

福州，是林则徐的故乡。

这也算是左宗棠在用实际行动向偶像致敬了。但他办洋务依然有自己的风格，不但要求受雇的洋教员放弃所谓的“治外法权”，百分百服从自己的管理，还给他们定下了细致的绩效考核标准。

左公麾下，不养闲人，洋闲人也不行。

但左宗棠的福州船政刚起步，就被清政府紧急调往西北。到了大西北，左宗棠才发现，曾经周秦汉唐的天府之地，已经变得土地贫瘠，公私困敝。

作为一度沉迷种菜的“湘上农人”，左宗棠剿抚并用，调解矛盾，并且大力恢复生产——要想富，先修路，禁毒种棉种柳树。

左宗棠仅在甘肃一省的植树量就有五六十万株。他还定规立法，严禁军民随意砍伐树木，极大地提升了当地的绿化率，也有助于西北生态环境的恢复。

左宗棠大军每收复一处地方，就立刻发放种粮和耕牛，大军所需的物资也都从当地照价采购，既增加了百姓收入，盘活了当地经济，也稳定了社会秩序。

此时左宗棠年事已高，身体也不好，儿子希望他能换个环境稍好、气候宜人的地方当官。但左宗棠却在回信中说：

一介书生，数年任兼圻，岂可避难就易哉？尔母深知我心，从不以世俗语想聒。惜其不及见也，可为文告之。

你爹我这是为了国家尽忠，难道还能挑肥拣瘦？还是你娘懂我，可惜她已经看不到了，你替我烧篇祭文告诉她一声，老头子我还得再过一段时间才能下去陪她。

是的，就在左宗棠治理西北期间，和他恩爱一生的妻子周诒端却去世了。妻子死后，左宗棠交代了儿子两件事，一是等自己死了要和老伴儿合葬，第二就是让儿子把妻子诗文整理出来，汇总家族其他女性的作品出版了一套《慈云阁诗钞》[①]。

这已经是左宗棠当时对妻子做的最后纪念了。

三年后，左宗棠率军克复肃州，陕甘乱局平息，但左宗棠的

---

① 《慈云阁诗钞》收录左宗棠妻母王氏、妻子周诒端、妻妹周诒蘩，两个妻侄女及左宗棠四个女儿的诗词共四百余首。

西北之战却并没有结束。

因为新疆也出事了。

新疆古称“西域”。乾隆帝平准噶尔叛乱后，取“故土新归”之意，将此地命名为新疆，设伊犁将军管理新疆全境。

但随着晚清国力衰落，英国支持中亚军阀阿古柏建立的“哲德沙尔汗国”伪政权侵占了南疆，沙俄也以所谓保护侨民为借口夺取了北疆重镇伊犁。

屋漏偏逢连阴雨，明治维新后的日本正在台湾挑起事端，清政府陷入了两线作战的尴尬境地，于是一场要“海防”还是要“塞防”，守东南还是复新疆的大讨论迅速展开。

现在有请正反双方辩友出场。

正方一辩李鸿章提出立论——放弃塞防，加强海防。

反方一辩左宗棠针锋相对——塞防海防，全都得防。

正方二辩李鸿章突然开始讲古——新疆茫茫沙漠，土地贫瘠，收之何益?

反方二辩左宗棠进行地理科普——天山南北物产丰富，所谓千里沙漠，实为聚宝之盆。

正方三辩李鸿章语重心长——新疆不复，其实没啥影响。

反方三辩左宗棠慷慨激昂——伊犁国土，尺寸不可让人!

正方四辩李鸿章总结本方观点——你就是勉强收复，也守不住!

反方四辩左宗棠指着对方骂娘——你个活秦桧、死潘美，给老子闭嘴!

此时左宗棠已西征十年，他不仅缺兵少将，亏粮短饷，妻子、子女相继离世，自己也是年老体衰，疾病缠身。

但二十多年前的“湘江夜话”历历在目，当年林则徐临终嘱托也言犹在耳，左宗棠义不容辞。

都叫我“左骡子”“左太冲”，那我就犟到底，冲上天给你们看！

光绪元年（1875年），清政府任命左宗棠为“钦差大臣”，授予他筹兵、筹饷、作战之全权。

但此时清政府只能在口头上全情投入，实际上爱莫能助。于是已经到了法定退休年龄的左宗棠，就此开始了他手搓收复新疆之战的“DIY之路”。

其间的千头万绪，经纬万端，可以简单粗暴地概括为二十四个字：缓进急战，先北后南。借钱屯粮，造枪办厂，筑路造林，修渠裁军。

缓进急战是整体战略，指开战前耐心准备，打起来速战速决；先北后南是具体战术，先复北疆，隔断沙俄，再入南疆，犁庭扫穴。

为了收复新疆，左宗棠进行了一年多的准备。

他顶住英俄的外交讹诈和《申报》等国内外报纸的舆论压力[①]，巧妙利用列强矛盾，在国内外借款近两千万两，并通过屯田等手段囤积粮食一点五万吨，基本解决了大军的粮饷问题。

同治十一年（1872年），左宗棠创办兰州制造局，生产了足以武装四万西征军的装备，也开创了晚清用国产武器抗击外国侵略者的先河。

左宗棠用以工代赈的方式征用民夫修浚沟渠，他还参考了当

---

① 《申报》仅在1876年3月就在头版刊发了5篇批评左宗棠借款的评论。其他西方报纸也有类似舆论。

年林则徐在吐鲁番开凿的坎儿井并大力推广，在新疆共整修干渠九百四十条、支渠两千三百条，灌溉面积超过一千一百万亩。同时他继续在西北修路种树，后人将这条东起潼关，穿越河西，西抵哈密，沟通天山南北，全长四千多里的西进之路，称为“左公大道”，并将他种下的树称为“左公柳”。

为了尽可能减轻后勤压力，左宗棠裁撤军队，挑选精干，于光绪二年（1876年）四月在肃州祭旗，正式出兵西征。

林文忠公，就让我带着您当年赠予我的新疆山川图，一起打赢这场国战吧！

由于左宗棠的充分准备和运筹帷幄，西征军仅用一年多的时间就迅速击败了阿古柏，收复了被外国侵略者占据了十三年的国土。

但是沙俄却依然强占伊犁不还。清政府派出和谈的大臣崇厚不谙世事，竟然签署了丧权辱国的卖国条约，对沙俄百般妥协。左宗棠听说后差点没气死，上书说服朝廷派曾国藩之子曾纪泽再赴沙俄重新谈判。

光绪六年（1880年），为了给谈判的曾纪泽助阵，六十九岁的左宗棠从肃州抬棺出征，亲自入疆，坐镇哈密，并调动三路大军进逼伊犁，以示不谈就干的决心。

只解沙场为国死，何须马革裹尸还。

列强像弹簧，你弱他就强。真理，从来都只在剑锋之上。

复疆之战中，清军展现的强大战斗力，再加上左宗棠拼老命的造型，让沙俄破天荒地选择了让步，把吃进嘴里的地盘又吐出来不少。

而此时左宗棠已经踏上了奉诏返京之路。

当他走在自己修筑的“左公大道”上，道路两旁沟渠纵横，桑棉满野，百姓安居，炊烟不绝，昔日种下的“左公柳”也已经枝繁叶茂，蔽日成荫，为往来的百姓和商旅带来绿意与清凉。

上相筹边未肯还，湖湘子弟满天山。
新栽杨柳三千里，引得春风度玉关[①]。

如果没有左宗棠的“舆梓西行”，这片总面积近一百六十万平方公里，约占中国陆地总面积六分之一的大美新疆，就将变成异域他乡。到时候中国人念的古诗就不是什么“西出阳关无故人”，而是“西出阳关非故国”了。

之后左宗棠连续五次上书，清政府终于在光绪十年（1884 年）建新疆省，结束了新疆与中原长期分治的局面，维护了边疆稳定和国家统一。

但大清就像艘四处漏水的破船，北边挡住了沙俄，南边又来了法国。

光绪十年，中法战争的战火蔓延到中国境内。此时左宗棠年过七旬，百病缠身，连坐着和人聊天都费劲，但他还是亲赴福州挽救战局，挫败了法国对台湾的攻势，并取得了镇南关大捷。

就在左宗棠准备乘胜追击时，以李鸿章为代表的主和派却妥协退让，签订了一个“法国不胜而胜，中国不败而败”的《中法新约》，瞬间让左宗棠之前的努力付诸东流，气得他当场吐血，大骂李鸿章是卖国贼。

但事已至此，为之奈何。

---

① 杨昌濬《恭诵左公西行甘棠 · 其二》。具体版本有争议。

自知时日无多的他强撑着油尽灯枯的身体，最后向朝廷提出了“专设海防大臣”和“台湾建省”两个极具战略眼光的建议。

光绪十一年七月二十七日（1885 年 9 月 5 日），七十四岁的左宗棠病逝于福州前线，兑现了自己“有生之日，皆报国之年”的承诺。他在弥留之际口授遗言：

此次越南和战，实中国强弱一大关键，
臣督师南下，迄未大伸挞伐，
张我国威，遗恨平生，不能瞑目。

左宗棠一生廉洁，绝少徇私贪污，留下的遗产在晚清中兴四名臣[①]中是最少的，他带领的军队又是军纪相对最好的，而他反抗外来侵略战争的功绩更是远超其他人。

司马忧边白发生，岭南千里此长城。
英雄驾驭归神武，时事艰辛仗老成。
龙户舟横宵步水，虎关潮落晓归营。
书生岂有封侯想，为播天威佐太平[②]。

大清破破烂烂，老左缝缝补补。

仅此而已。

---

① 晚清中兴四大名臣有两种说法，说法一：曾国藩、左宗棠、李鸿章、张之洞；说法二：曾国藩、左宗棠、胡林翼、彭玉麟。

② 《感事四首·其二》。